三苏文化

叶嘉莹

论苏轼词

手稿珍藏

叶嘉莹 著

四川人民出版社

目录

論蘇軾詞之一

靈谿詞說（續）

論蘇軾詞

攬轡登車慕范滂、神人姑射仰蒙莊、小詞餘力開新境、千古豪蘇擅勝場。

論蘇軾詞絕句之一

在《宋史》之蘇軾的傳記中，開端就記載了他早年時代的兩則故事，一則是說當他十歲時，「父洵游學四方，母程氏親授以書，聞古今成敗，輒能語其要。程氏讀東漢范滂傳，慨然太息。軾請曰：『軾若為滂，母許之否乎？』程氏曰：『汝能為滂，吾顧不能為滂母耶？』」又一則故事則是說他長大之後，「既而讀莊子，歎曰：『吾昔有見，口未能言，今見是書，得吾心矣。』」此二則故事本來都出於蘇軾之弟蘇轍為他所寫的《墓誌銘》之中，這兩段敘述，可以說是極為扼要地表現了蘇軾之性格中的兩種主要的特質。一種是如同東漢桓帝時受命為清

揽辔登车慕范滂，神人姑射仰蒙庄。

小词余力开新境，千古豪苏擅胜场。

论苏轼词绝句之一

在《宋史》苏轼的传记中，开端就记载了他早年时代的两则故事：一则是说当他十岁时，“父洵游学四方，母程氏亲授以书，闻古今成败，辄能语其要。程氏读东汉范滂[1]传，慨然太息。轼请曰：‘轼若为滂，母许之否乎？’程氏曰：‘汝能为滂，吾顾不能为滂母耶。’”又一则则是说他长大之后，“既而读《庄子》，叹曰：‘吾昔有见，口未能言，今见是书，得吾心矣。’”此二则故事本来都出于苏轼之弟辙为他所写的《墓志铭》之中，这两段叙述，可以说是极为扼要地表现了苏轼之性格中的两种主要的特质：一种是如同东汉桓帝时受命为清诏使，登车揽辔，遂

[1]范滂，字孟博，汝南征羌（今河南漯河）人，东汉名士。时冀州饥荒，盗贼群起，汉桓帝以滂为清诏使，使案察之。滂登车揽辔，慨然有澄清天下之志。及至州境，守令自知臧污，望风解印绶去。建宁二年（169），范滂因党锢之祸被害，被捕前与母亲诀别。其母曰：“汝今得与李、杜齐名，死亦何恨！既有令名，复求寿考，可兼得乎？”滂跪受教，再拜而辞。时年三十三岁。生平详见《后汉书·范滂传》。

记使，登车揽辔，遂慨然有澄清天下之志的范滂一样的，想要奋发有为，致以天下为己任虽遇艰危而不悔的用世之志意；另一种则是如同写有《逍遥游》和《齐物论》之中之「大浸稽天而不溺，大旱金石流而不伤」的「姑射神人」，与「栩栩然」蘧然物化的「梦中蝴蝶」之寓言的庄子一样的，不为外物之得失荣辱所累的超然旷观的精神。记得以前我在论柳永词的时候，曾经述及柳永之平生，以为柳氏乃是在用世之志意与浪漫之性格的矛盾中，终生落拓，而最后终陷入于志意与感情两俱落空之下场的悲剧人物；然而苏轼则是一个把儒家用世之志意与道家旷观之精神，做了极圆满之融汇结合，虽在困穷斥逐之中，也未尝迷失彷徨，而终于完成了一己的人生之目标与持守的成功的人物①。苏轼一生所留下的著述极多，他的天才

慨然有澄清天下之志的范滂一样的，想要奋发有为，愿以天下为己任，虽遇艰危而不悔的用世之志意；另一种则是如同写有《逍遥游》和《齐物论》中之“大浸稽天而不溺，大旱金石流而不伤”[1]的“姑射神人”[2]，与“栩栩然”超然物化的“梦中蝴蝶”之寓言的庄子一样的，不为外物之得失荣辱所累的超然旷观的精神。记得以前我们在论柳永词的时候，曾经述及柳永[3]之平生，以为柳氏乃是在用世之志意与浪漫之性格的冲突矛盾中，一生落拓，而最后终陷入于志意与感情两俱落空之下场的悲剧人物；然而苏轼则是一个把儒家用世之志意与道家旷观之精神，做了极圆满之融汇结合，虽在困穷斥逐之中，也未尝迷失彷徨，而终于完成了一己的人生之目标与操守的成功的人物①。苏轼一生所留下的著述极多，他的天才既高，兴趣又广，各

[1]《庄子·齐物论》中记为“大浸稽天而不溺，大旱金石流土山焦而不熟”。

[2] 中国古代传说中的神话人物。最早见于《庄子·逍遥游》：“藐姑射之山，有神人居焉。肌肤若冰雪，绰约若处子。不食五谷，吸风饮露，乘云气，御飞龙，而游乎四海之外。其神凝，使物不疵疠而年谷熟。”

[3] 柳永，原名三变，字景庄，后改名永，字耆卿，崇安（今福建武夷山市）人。因官屯田员外郎，故世称柳屯田。北宋词人，婉约派代表人物。

大中祥符二年（1009）春闱，柳永因“属辞浮糜”初试落第，愤而写下《鹤冲天·黄金榜上》云：“忍把浮名，换了浅斟低唱。”仁宗时，及临轩放榜，特落之，曰：“此人风前月下，好去浅斟低唱，何要浮名？且填词去。”柳永由此自称“奉旨填词”。后改名永，方得磨勘转官。

既富，卷數又廣，各體作品都有傑出的成就。其中所保留的三百餘首小詞，在他的全集中所佔的比例並不大，此在東坡而言，可以說僅只餘力為之的遣興之作而已。然而就在這一部份餘力為之的數量不多的小詞中，卻非常有代表性地表現了他的用世之志意與曠觀之襟懷相結合而形成的，一種極可注意的特有的品質和風貌，為小詞之寫作，開拓出了一片廣闊而高遠的新天地。這種成就是極值得我們注意而加以分析的。

本來，早在我們論歐陽修詞的時候，就已曾經提出來說過，北宋的一些名臣，既往往於其德業文章以外，有時也耽溺於小詞之寫作，而且在小詞之寫作中，更往往於無意間流露出其學養與襟抱之境界。這種情形，原是自歌詞

20×15=300　四川大学历史研究所稿纸

体作品都有杰出的成就。其中所保留的三百余首小词，在他的全集中所占的比例并不大，此在东坡而言，可以说仅是余力为之的遣兴之作而已，然而就在这一部分余力为之的数量不多的小词中，却非常有代表性地表现了他的用世之志意与旷观之襟怀相结合而形成的，一种极可注意的特有的品质和风貌，为小词之写作，开拓出了一片广阔而高远的新天地。这种成就是极值得我们注意而加以分析的。

本来，早在我们论欧阳修[1]词的时候，就曾经提出来说过，北宋的一些名臣，既往往于其德业文章以外，有时也耽溺于小词之写作，而且在小词之写作中，更往往于无意间流露出其学养与襟抱之境界。这种情形，原是自歌词流入文士之手，因而乃逐渐趋于诗化的一种自然之现象。

[1]欧阳修，字永叔，号醉翁，晚号六一居士，吉州吉水（今属江西）人。北宋政治家、文学家。修自幼丧父，家贫好学，天圣八年（1030）进士及第，官至参知政事。熙宁五年（1072）卒，时年六十六岁。累赠太师、楚国公，谥“文忠”，故世称欧阳文忠公。

修为文天才自然，丰约中度。其言简而明，信而通，引物连类，折之于至理，以服人心，开北宋文坛新风，故天下翕然师尊之。其词承袭南唐余风，深婉清丽，又别开新局，畅达隽永。冯煦《蒿庵论词》称之为“疏隽开子瞻，深婉开少游”。生平详见《宋史·欧阳修传》。

流入文士之手，因而乃逐漸趨於詩化的一種自然之現象。而在此一演變之過程中，早期之作如大晏與歐陽之小詞，雖然也蘊含有其自身之作者性情襟抱的一種深遠幽微之意境，但自外表看來，則其所寫者，却仍只不過是些傷春怨別的情詞，與五代時之花間集中的艷歌之詞，並沒有什麼明顯的區分。一直到了蘇軾的出現，才開始用這種合樂而歌的詞的形式，來正式抒寫自己的懷抱志意，使詞之詩化達到了一種高峯的成就。這種成就是作者個人傑出之才識與當時之文學趨勢，及社會背景相應發展，而收完成的一種極可貴的結合。如果說最初詞中所流露的作者之性情襟抱只是其詩化之趨勢原是無意的，那麼在蘇軾詞中所表現的性情襟抱，則已經是帶著一種有意的想要開拓創新的覺醒了。蘇氏在給鮮

在此一演变之过程中，早期之作如大晏与欧阳之小词，虽然也蕴含有发自于其性情襟抱的一种深远幽微之意境，但自外表看来，则其所写者，却仍只不过是些伤春怨别的情词，与五代时《花间集》[1]中的艳歌之词，并没有什么明显的区分。一直到了苏轼的出现，才开始用这种合乐而歌的词的形式，来正式抒写自己的怀抱志意，使词之诗化达到了一种高峰的成就。这种成就是作者个人杰出之才识与当时之文学趋势，及社会背景相汇聚，而后完成的一种极可贵的结合。如果说晏欧词中所流露的作者之性情襟抱，其诗化之趋势原是无意的，那么在苏轼词中所表现的性情襟抱，则已经是带着一种有意的想要开拓创新的觉醒了。苏氏在给鲜于子骏（侁）的一封信[2]中，就曾经明白提出

[1]《花间集》，五代后蜀文学家赵崇祚编选的晚唐至五代词集。全书共十卷，收录温庭筠、皇甫松等十八家词作五百首。其词集中反映了早期词体以婉约为正宗的文学特性和美学特征，对后世词风影响很大，被誉为“近世倚声填词之祖”。

[2]鲜于侁，字子骏，阆州阆中（今属四川）人，宋仁宗景祐元年（1034）进士，累官至集贤殿修撰。其为官清正、干练，为诗平淡渊粹，擅作楚辞。苏轼读《九诵》，谓近屈原、宋玉，自以为不可及也。

元丰二年（1079）召对，命知扬州。苏轼自湖州赴狱，亲朋皆绝交。道扬，侁往见，台吏不许通。或曰：“公与轼相知久，其所往来书文，宜焚之勿留，不然，且获罪。”侁曰：“欺君负友，吾不忍为，以

忠义分谴，则所愿也。”

苏辙《书鲜于子骏父母赠告后》对两家的交往做了较为详细的介绍：“中山鲜于子骏，世居阆中，昔伯父文甫郎中通守是邦，子骏方弱冠，以进士见。伯父称之曰：‘君异日学为名儒，仕为循吏。’遂以乡举送之。其后子骏宦学日以有声。予侍亲京师，始从之游。已而予在应天幕府，子骏以部使者摄府事，朝夕相从也。元祐初，予为中书舍人，子骏为谏议大夫，出入东西省，无日不见。”

苏轼《与鲜于子骏书》：“忝厚眷，不敢用启状，必不深讶。所惠诗文，皆萧然有远古风味。然此风之亡也久矣。欲以求合世俗之耳目，则疏矣。但时独于闲处开看，未尝以示人，盖知爱之者绝少也。所索拙诗，岂敢措手。然不可不作，特未暇耳。近却颇作小词，虽无柳七郎风味，亦自是一家。呵呵，数日前猎于郊外，所获颇多，作得一阕，令东州壮士抵掌顿足而歌之，吹笛击鼓以为节，颇壮观也。写呈取笑。”

据吴雪涛《苏轼〈与鲜于子骏书〉系年考辨——兼及苏词风格的若干问题》考证，熙宁八年（1075）苏轼在密州太守任上作了《江城子·密州出猎》后，寄给时任利州路转运副使的鲜于侁先睹为快，随词寄去的还有这封讨论诗词的信。

于子駿（俊）的一封信中，就曾經明白提出來說：「近卻頗作小詞，雖無柳七郎風味，亦自是一家。」（見《東坡續集》卷五《書簡》）。其有心要在當日流行的詞風以外自拓新境的口氣，乃是一望可知的。如果我們想要對蘇軾在詞之寫作方面，從開始嘗試到終於有了自成一家之信心的這一過程一加考查，我們就會發現他的這一段創作歷程，大約是從熙寧五年（一〇七二）到元豐二年（一〇七九）之間的事。在蘇軾的早期作品中，他並沒有寫詞的紀錄。蘇軾抵杭州任在熙寧四年冬，而據朱彊村編年、龍榆生校箋之《東坡樂府箋》，其最早之詞作乃是由次年春以後所寫的《南歌子》、《行香子》及《臨江仙》等，一些遊賞山水的短調小令。至于其長調之作，則首見於熙寧七年秋移知密州時所寫的一首《沁園春》（赴密州、早行

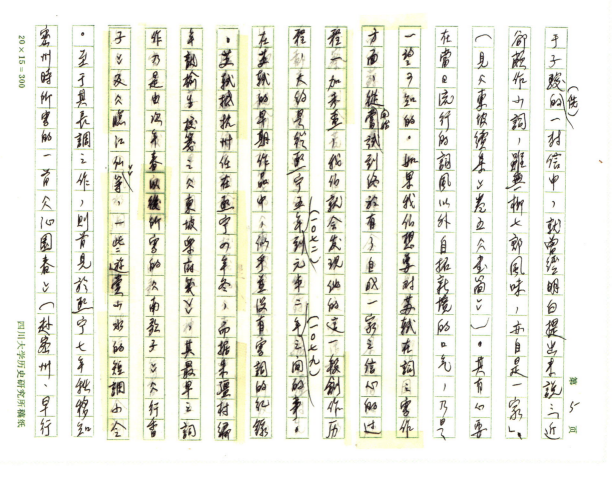

来说："近却颇作小词，虽无柳七郎风味，亦自是一家。"（见《东坡续集》卷五《书简》）其有心要在当日流行的词风以外自拓新境的口气，乃是一望可知的。如果我们想要对苏轼在词之写作方面，从开始尝试到终于有了自成一家之信心的过程一加考查，我们就会发现他的这一段创作历程，大约是从熙宁五年（1072）到元丰二年（1079）之间的事。在苏轼的早期作品中，似乎并没有写词的记录。苏轼抵杭州任在熙宁四年冬，而据朱彊村编年、龙榆生校笺之《东坡乐府笺》，其最早之词作乃是由次年春以后所写的《南歌子》《行香子》及《临江仙》等一些游赏山水的短调小令。至于其长调之作，则首见于熙宁七年秋移知密州[1]时所写的一首《沁园春》（赴密州，早行，马上寄

[1] 密州，今山东诸城市。苏轼熙宁七年（1074）十一月到任密州。任上重葺超然台，作记。在任期间作《江城子·乙卯正月二十日夜记梦》《江城子·密州出猎》《水调歌头·丙辰中秋》等千古名作。熙宁九年（1076）十二月，离密州。

、忆上寄子由》②。自兹而后，其词作之数量既日益增多，风格亦日益成熟。其在密州与徐州之所作，如《江城子》〈十年生死两茫茫〉之《乙卯正月二十日夜记梦》的一首悼亡词，及〈老夫聊发少年狂〉之另一首《江城子》的《密州出猎》词，和《水调歌头》〈明月几时有〉之《丙辰中秋，欢饮达旦，大醉，作此篇，兼怀子由》词，与《浣溪沙》〈照日深红暖见鱼〉之《徐门石潭谢雨道上作》五首叙写农村的词，仅只从这些作品在词之牌调后面各自附有种种不同的标题来看，我们便已经可以清楚地见到苏轼之想要以诗为词写作的意念；以及其无意不可入词之写作能力，都已经得到了很好的实践的证明。他给鲜于子骏的那封信，就正是他对自己此一阶段之词作已经达成了某一种开拓的充

子由)[2]。自兹而后，其词作之数量既日益增多，风格亦日益成熟。其在密州与徐州之所作，如《江城子》(十年生死两茫茫)之《乙卯正月二十日夜记梦》的一首悼亡词，及(老夫聊发少年狂)之另一首《江城子》的《密州出猎》词，和《水调歌头》(明月几时有)之《丙辰中秋，欢饮达旦，大醉，作此篇，兼怀子由》词，与《浣溪沙》(照日深红暖见鱼)之《徐门石潭谢雨道上作》五首叙写农村的词。仅只从这些作品在词之牌调后面各自附有种种不同的标题来看，我们便已经可以清楚地见到苏轼之想要以诗为词的写作的意念，以及其无意不可入词的写作之能力，都已经得到了很好的实践的证明。他给鲜于子骏的那封信，就正是他对自己此一阶段之词作已经达成了某一种开拓的充满滿自信的表示。經歷了此一階段的由嘗試而開拓的創作的實踐，蘇軾的詩化的詞遂進入了一種更純熟的境界，而終於在他貶官黃州以後達到了他自己之詞作的質量的高峰。而在此高峰中，有一點最可注意的成就，就是蘇軾已經能夠極自然地用小詞抒寫襟抱，把自己平生性格中所有的兩種不同的特質——用世之志意與曠達之襟懷，做了非常完滿的結合融匯的表現。即如其「莫聽穿林打葉聲」之一首《定風波》詞、「照野瀰瀰淺浪」之一首《西江月》詞，「大江東去」之一首《念奴嬌》詞，「夜飲東坡醒復醉」之一首《臨江仙》詞，以至將要離黃移汝時，他所寫的「歸去來兮」之一首《滿庭芳》詞，便都可以說是表現了此種特質之意境的代表作品。

自信的表示。经历了此一阶段的由尝试而开拓的创作的实践，苏轼的诗化的词遂进入了一种更纯熟的境界，而终于在他贬官黄州[1]以后，达到了他自己之词作的质量的高峰。而在此高峰中，有一点最可注意的成就，就是苏轼已经能够极自然地用小词抒写襟抱，把自己平生性格中所禀有的两种不同的特质——用世之志意与旷达之襟怀，做了非常完满的结合融汇的表现。即如其“莫听穿林打叶声”之一首《定风波》词，“照野弥弥浅浪”之一首《西江月》词，“大江东去”之一首《念奴娇》词，“夜饮东坡醒复醉”之一首《临江仙》词，以至将要离黄移汝时，他所写的“归去来兮”之一首《满庭芳》词，便都可以说是表现了此种独特之意境的代表作品。

[1] 黄州，今湖北黄冈。元丰二年（1079）七月，苏轼因乌台诗案获罪，八月下御史台狱。十二月出狱，责授黄州团练副使，本州安置。其间筑“东坡雪堂”，自号东坡居士。两游赤壁，写下前后《赤壁赋》和《念奴娇·大江东去》等千古名作。元丰七年（1084）移汝州。

经过了前一节的概述，我们对于苏轼在小词方面由初期之尝试而逐渐向拓展的发展，以及後期能成功地使用此一形式来表述自己的性情襟抱中的某些主要的特质，终而形成了自己独特之意境与风格的过程，可以说已经有了简单的认识。下面我们便将对於促使其如此发展的某些外在与内在之因素略加分析。如我们在前文所言，世所流传的苏轼的词作，是从神宗熙宁五年他出官杭州以後才开始的。那时的苏轼已经有卅七岁。关於此一情形，可以引起我们两点疑问，其一是苏轼早年是否对於词之写作全无兴趣？其二是如果有兴趣，又何以晚到将近四十岁才开始着手於词之写作？关於此二问题，我们可以从苏轼全集的其他作品中，找到一些答案。苏轼在黄州时曾经给其族兄子明写过一封信（见《

经过了前一节的概述，我们对于苏轼在小词方面由初期之尝试而逐渐开拓的发展，以及后期之能成功地使用此一形式来表达自己的性情襟抱中的某些主要的特质，从而形成了自己独特之意境与风格的过程，可以说已经有了简单的认识。下面我们便将对于促使其如此发展的某些外在与内在之因素略加分析。如我们在前文所言，世所流传的苏轼的词作，是从神宗熙宁五年他出官杭州以后才开始的。那时的苏轼已经有卅七岁，关于此一情形，可以引起我们的两点疑问：其一是苏轼早年是否对于词之写作全无兴趣？其二是如果有兴趣，又何以晚到将近四十岁才开始着手于词之写作？关于此二问题，我们可以从苏轼全集的其他作品中，找到一些答案。苏轼在黄州时曾经给其族兄子明写过一封信[1]（见《东坡续集》卷五《书简》），其

[1] 苏子明，名不疑，字子明，苏轼伯父苏涣次子。据苏辙《伯父墓表》记载，苏不疑曾任承议郎，通判嘉州。

苏轼《与子明兄》："兄才气何适不可，而数滞留蜀中？此回必免冲替。何似一人来，寄家荆南，单骑入京，因带少物来，遂谋江淮一住计，亦是一策。试思之。他日子孙应举宦游，皆便也。弟亦欲如是，但先人坟墓无人照管，又不忍与子由作两处。兄自有三哥一房乡居，莫可作此策否？又只恐亦不忍与三哥作两处也。

"吾兄弟俱老矣，当以时自娱。世事万端，皆不足介意。所谓自娱者，亦非世俗之乐，但胸中廓然无一物，即天壤之内，山川草木虫鱼之类，皆是供吾家乐事也。如何！如何！记得应举时，见兄能讴歌，甚妙。弟虽不会，然常令人唱为何词。近作得《归去来引》一首，寄呈，请歌之。送长安君一盏。呵呵。醉中，不罪。"

東坡續集》卷五〈書簡〉），其中曾提到說：「記得應舉時，見兄能謳歌，甚妙。弟雖不會，然常令人唱為何詞」。③從這段敘述，可見蘇軾蓋早在赴汴京應舉的時候，就已經對當時流行傳唱的歌詞有了興趣。本來以像蘇軾這樣多才而富於情趣的一位詩人，來到當日遍地歌樓酒肆到處歌管彈絃的繁華的汴京，若說他竟然完全不被這種流行的樂曲和歌詞所引動，那纔是一件決不可能的事。所以蘇軾在其與友人的書信及談話中，都曾多次提到當時的作曲的名家柳永，這便是蘇軾也曾留意於當日傳唱之歌詞的最好的証明。不过值得注意的是，蘇軾在當時卻並未曾立即致力於詞之寫作，我以為那是因為當日的蘇軾还正是一個滿懷大志的青年，而應貢舉，便獲高第，而且得到了當日望重一時的名臣歐陽修的不同

中曾提到说："记得应举时，见兄能讴歌，甚妙。弟虽不会，然常令人唱为何词。"③从这段叙述，可见苏轼盖早在赴汴京应举的时候，就已经对当时流行传唱的歌词有了兴趣。本来以像苏轼这样多才而富于情趣的一位诗人，来到当日遍地歌楼酒肆到处按管弹弦的繁华的汴京，若说他竟然完全不被这种流行的乐曲和歌词所引动，那才是一件决不可能的事，所以苏轼在其与友人的书信及谈话中，都曾多次提到当时作曲的名家柳永，这便是苏轼也曾留意于当日传唱之歌词的最好的证明。不过，值得注意的是，苏轼在当时却并未曾立即致力于词之写作，我以为那是因为当日的苏轼还正是一个满怀大志的青年，初应贡举，便获高第，而且得到了当日望重一时的名臣欧阳修的不同寻常的知赏[1]，因此当日之苏轼所致力去撰写的，乃是关系于

[1] 事见《宋史·苏轼传》。嘉祐二年（1057），试礼部。方时文磔裂诡异之弊胜，主司欧阳修思有以救之，得轼《刑赏忠厚论》，惊喜，欲擢冠多士，犹疑其客曾巩所为，但置第二；复以《春秋》对义居第一，殿试中乙科。后以书见修，修语梅圣俞曰："吾当避此人出一头地。"闻者始哗不厌，久乃信服。

尋常的知賞，因此當日之蘇軾所致力去撰寫的，乃是關係於國家治亂安危之大計的《思治論》和《應詔集》中即為朝廷謀深慮遠的《策略》等論著，在這種情形下，他當然無暇措意於小詞之寫作。如此一直延續到神宗熙寧四年，雖然其間蘇軾曾經先後因母喪及父喪兩度返回眉山守制家居，而當其再度还朝時，神宗已經任用王安石開始變行新法，但蘇軾之慨然以天下為己任的心志則仍未改變，他既先後給神宗寫了《議學校貢舉狀》和《諫買浙灯狀》等疏狀，更陸續寫了兩篇長達數千字以上的《上皇帝書》和《再上皇帝書》，因此遂有御史誣奏其過失（見蘇轍墓誌銘），遭致忌恨，乃請求外放，通判杭州。而蘇軾之致力於小詞之寫作，就正是從他到達杭州之後開始的。我認為此一開始作詞之年代與地點，對於研究蘇軾詞而言

国家治乱安危之大计的《思治论》，和《应诏集》中那些为朝廷谋深虑远的《策略》等论著，在这种情形下，他当然无暇措意于小词之写作。如此一直延续到神宗熙宁四年，虽然其间苏轼曾经先后因母丧及父丧两度返回眉山守制家居，而当其再度还朝时，神宗已经任用王安石开始变行新法，但苏轼之慨然以天下为己任的心志则仍未改变，他既先后给神宗写了《议学校贡举状》和《谏买浙灯状》等疏状，更陆续写了两篇一共长达万字以上的《上皇帝书》和《再上皇帝书》，因此遂遭致忌恨，有御史诬奏其过失（见苏辙《墓志铭》），乃请求外放，通判杭州[1]。而苏轼之致力于小词之写作，就正是从他到达杭州之后开始的。我认为此一开始作词之年代与地点，对于研究苏轼词而言，

[1] 事见《宋史·苏轼传》。轼见安石赞神宗以独断专任，因试进士发策，以“晋武平吴以独断而克，苻坚伐晋以独断而亡，齐桓专任管仲而霸，燕哙专任子之而败，事同而功异”为问，安石滋怒，使御史谢景温论奏其过，穷治无所得，轼遂请外，通判杭州。

，实在极值得注意。因为由此一年代，我们乃可以推知，苏轼之开始致力于词之写作，原来正是当他的「以天下为己任」之志意受到打击挫折后方才开始的。而就地点而言，则杭州附近的美丽的山水，又正是引发起他写词之意兴的另一因素。本来，如我们在前文所言，「用世」之志意」与「超旷」之襟怀」原是苏轼在天性中所禀赋的两种主要特质。前者为其欲有所作为时用以立身之正途，后者则为其不能有所作为时用以自慰之妙理。苏轼之开始写词，既是在其用世之志意受到挫折以后，则其发展之趋势之终必形成以超旷为主之意境与风格，就原是一种必然的结果。只不过当他在杭州初一开始写词时，尚未能纯熟地表现出这种意境与风格的特色，而仍只是在一种尝试的阶段。由杭州时期所写的一

实在极值得注意。因为由此一年代，我们乃可以推知，苏轼之开始致力于词之写作，原来正是当他的“以天下为己任”之志意受到打击挫折后方才开始的。而就地点而言，则杭州附近的美丽的山水，又正是引发起他写词之意兴的另一因素。本来，如我们在前文所言，“用世之志意”与“超旷之襟怀”原是苏轼在天性中所禀赋的两种主要特质。前者为其欲有所作为时用以立身之正途，后者则为其不能有所作为时用以自慰之妙理。苏轼之开始写词，既是在其用世之志意受到挫折以后，则其发展之趋势之终必形成以超旷为主之意境与风格，就原是一种必然的结果。只不过当他在杭州初一开始写词时，尚未能纯熟地表现出这种意境与风格的特色，而仍只是在一种尝试的阶段。由杭州时期所写的一些令词，到他转赴密州时所写的“早行，马上

第 12 页

些令詞，則他赴密州時所寫的「早行、馬上寄子由」的一首長調〈沁園春〉，蘇軾都還免不了有着一些學習模倣和受到別人影响的痕迹。而其中最值得一提的，則是歐陽修和柳永。原來早在我們寫《論歐陽修詞》一篇文稿時，在結尾之處便曾經引過馮煦之《蒿庵論詞》的話，說歐詞「疏雋開子瞻」。蓋歐詞之特質，固正如我們在以前之所論述，原在於其具有一份遣玩之意興，而能以之做遭遇挫折憂患後之一種排解之力量。而蘇軾早期在杭州通判任內所寫的一些遊賞山水的令詞，其性質便与歐詞的此一種意境及風格甚為相近。蓋歐蘇二人皆能具有古代儒家所重視的善處窮通之際的一种自持的修養，不肯因遭遇憂患而便陷入於愁苦哀傷，如此就必須常保持一种可以放得开的豁達

四川大学历史研究所稿纸　20×15=300

寄子由”的一首长调《沁园春》，苏轼都还免不了有着一些学习模仿和受到别人影响的痕迹，而其中最值得一提的，则是欧阳修和柳永。原来早在我们写《论欧阳修词》一篇文稿时，在结尾之处便曾经引过冯煦[1]之《蒿庵论词》[2]的话，说欧词“疏隽开子瞻”。盖欧词之特质，固已为我们在以前之所论述，原在于其具有一份遣玩之意兴，而且欲以之作为遭遇挫折忧患后之一种排解之力量。而苏轼早期在杭州通判任内所写的一些游赏山水的令词，其性质便与欧词的此一种意境及风格甚为相近。盖欧苏二人皆能具有古代儒家所重视的善处穷通之际的一种自持的修养。不肯因遭遇忧患而便陷入于愁苦哀伤，如此就必须常保持一种可以放得开的豁达的心胸，而在作品中，便也自然形成

[1] 冯煦，字梦华，号蒿庵，江苏金坛人。清末民初词人。官至安徽巡抚。辛亥革命后，寓居上海。冯煦少有才名，工诗、词、骈文，著有《蒿庵类稿》三十二卷、《蒿庵随笔》九卷等，辑有《宋六十一家词选》十二卷等。《清史稿》卷四四九有传。

[2] 此乃近人从冯煦《宋六十一家词选》中辑录出论词之言所成书。《词选》前有“例言”，综论宋家名词，《蒿庵论词》即汇此“例言”而成。

的心胸，而在作品中，便也自然形成了一种疏放的气势。而这也就正是冯煦所说的欧词的「疏隽」的特色，而由此更向前拓出去的苏轼，他在不以穷通介怀的修养方面，既与欧公有相近之处，而且在早年应举时，又曾特蒙欧公之知赏，而欧公原来本极喜欢写制小词以付之吟唱，是以苏轼必曾对欧阳修之词，留有深刻之印象。如在苏轼之词作中，固曾屡屡及之。即如其〈西江月〉（三过平山堂下）一首，其所咏之平山堂既原为欧公当日之所修建，而其词中之所谓「仍歌杨柳春风」一句，更指的就是欧阳修当年写的〈朝中措〉（平山栏槛倚晴空）一首中的「手种堂前垂柳，别来几度春风」的词句；又如苏轼的〈木兰花令〉（霜余已失长淮阔）一首，更是在题目中便已经注明是「次

1 西江月·平山堂

三过平山堂下，半生弹指声中。十年不见老仙翁，壁上龙蛇飞动。

欲吊文章太守，仍歌杨柳春风。休言万事转头空，未转头时皆梦。

2 朝中措·送刘原甫出守维扬

平山栏槛倚晴空，山色有无中。手种堂前垂柳，别来几度春风。

文章太守，挥毫万字，一饮千钟。行乐直须年少，尊前看取衰翁。

3 木兰花令·次欧公西湖韵

霜余已失长淮阔，空听潺潺清颍咽。佳人犹唱醉翁词，四十三年如电抹。

草头秋露流珠滑，三五盈盈还二八。与余同是识翁人，惟有西湖波底月。

了一种比较疏放的气势。而这也就正是冯煦所说的欧词的“疏隽”的特色，而由此更开拓出去的苏轼，他在不以穷通介怀的修养方面，既与欧公有相近之处，而且在早年应举时，又曾特蒙欧公之知赏，而欧公原来本极喜欢写制小词付之吟唱，是以苏轼必曾对欧阳修之词，留有深刻之印象。此在苏轼之词作中，固曾屡屡及之。即如其《西江月》（三过平山堂下）[1]一首，其所咏之平山堂既原为欧公当日之所修建，而其词中之所谓“仍歌杨柳春风”一句，更指的就是欧阳修当年写的《朝中措》（平山栏槛倚晴空）[2]一首中的“手种堂前垂柳，别来几度春风”的词句；再如苏轼的《木兰花令》（霜余已失长淮阔）[3]一首，更是在题目中便已经注明是“次欧公西湖韵”，而其中所写的“佳

歐公西湖詞」，而其中所寫的「佳人猶唱醉翁詞」，也指的就正是歐陽修當年所寫的《玉樓春》（擬玉樓春，即《木蘭花令》之為同調之異名）（西湖南北烟波闊）一首歌詠潁州西湖的詞句。從這些例証，我們不僅可以見到蘇詞之曾受有歐詞之影响，而且還可以見到這種影响對之作用，主要蓋可以歸納為兩點特質：一點即是如歐陽修在《朝中措》一詞中，所表現的「平山欄檻倚晴空，山色有無中」之疏放高遠的氣度；另一點則是如歐陽修在《玉樓春》一詞中，所表現的「西湖南北烟波闊，風裡絲簧聲韻咽」之遣玩遊賞的意興。而蘇軾早期所寫的一些遊賞山水的令詞，就正表現了他所受到的這兩點影响的痕迹。即如其熙寧五年在杭州遊春所寫的《昨日出東城，試探春情》的一首《浪淘沙》詞，

20×15=300

四川大学历史研究所稿纸

人犹唱醉翁词”，也指的就正是欧阳修当年所写的《玉楼春》（西湖南北烟波阔）[1]一首歌咏颍州西湖的词句。（按：《玉楼春》即《木兰花令》，为同调之异名。）从这些例证，我们不仅可以见到苏词之曾受有欧词之影响，而且还可以见到这种影响之作用，主要盖可以归纳为两点特质。一点即是如欧阳修在《朝中措》一词中，所表现的“平山栏槛倚晴空，山色有无中”之疏放高远的气度；另一点则是如欧阳修在《玉楼春》一词中，所表现的“西湖南北烟波阔，风里丝簧声韵咽”之遣玩游赏的意兴。而苏轼早期所写的一些游赏山水的令词，就正表现了他所受到的这两点影响的痕迹。即如其熙宁五年在城外游春所写的“昨日出东城，试探春情”的一首《浪淘沙》词，其所表现的主

1　玉楼春

西湖南北烟波阔，风里丝簧声韵咽。舞余裙带绿双垂，酒入香腮红一抹。

杯深不觉琉璃滑，贪看六幺花十八。明朝车马各西东，惆怅画桥风与月。

其所表現的主要便是一種遊賞遊玩的意興。而其熙寧六年過七里瀨所寫的「一葉舟輕、双槳鴻驚，水天清影湛波平」的一首〈行香子〉詞，則其所表現的又隱然有一種疏放的氣度。而以上這兩類風格，便恰好正代表了蘇軾得之於歐陽修的兩点主要的影响。不过蘇軾之性格又与歐陽修畢竟有所不同，歐之放往往僅是借外景為遣玩的一种情緒方面的疏放，而蘇之放則往往是具有一种哲理之妙悟式的發自内心襟懷方面的曠放。所以歐詞之内容仍大多只是以寫景抒情為主，而極少寫及哲理或直抒懷抱之句；而蘇詞則於寫景抒情之外，更往往直言哲理或直寫襟懷。即如其〈行香子〉（一葉舟輕）一首下半闋所寫的「君臣一夢，今古空名」數句，及〈虞美人〉（湖山信是東南美）

要便是一种游赏遣玩的意兴。而其熙宁六年过七里濑所写的“一叶舟轻，双桨鸿惊，水天清影湛波平”的一首《行香子》词，则其所表现的又隐然有一种疏放的气度。而以上这两类风格，便恰好正代表了苏轼得之于欧阳修的两点主要的影响。不过苏轼之性格又与欧阳修毕竟有所不同，欧之放往往仅是借外景为遣玩的一种情绪方面的疏放，而苏之放则往往是具有一种哲理之妙悟式的发自内心襟怀方面的旷放。所以欧词之内容仍大多只是以写景抒情为主，而极少写及哲理或直抒怀抱之句；而苏词则于写景抒情之外，更往往直言哲理或直写襟怀。即如其《行香子》（一叶舟轻）一首下半阕所写的“君臣一梦，今古空名”[1]数句，及《虞美人》（湖山信是东南美）一首下半阕所写的“夜

[1]引汉光武帝刘秀与隐士严光之故事。严光字子陵，会稽余姚人也。少有高名，与光武同游学。及光武即位，乃变名姓，隐身不见。光武思其贤，除为谏议大夫，不屈，乃耕钓于富春山，后人名其钓处为严陵濑焉。事见《后汉书·严光传》。

一首下半阕所写的「夜阑风静欲归时，惟有一江明月碧琉璃」数句，前者是哲理式的叙述，后者则隐然喻现了一种开阔的襟怀。像这两种意境，便不仅是欧阳修词中所少见的，也是从花间以来五代宋初各家词作中所少见的。所以苏轼早期的词，虽然也流露有曾受过欧词影响的痕迹，然而却同时也已经表现了将要从欧词之「疏隽」，发展开拓出另一条更为开阔博大之途径的趋向。以上可以说是从早期的苏词中所可见到的欧词对苏词之影响，以及二人之间继承与开拓的关系。下面我们便将对柳永词与苏轼词之间的关系，也略加探讨。我们以前在论说柳永词的时候，本来也曾提到过苏轼对柳词之特别注意，以及苏轼对柳词之两种不同的评价。根据苏轼自己的作品和宋人的笔记中的

阑风静欲归时，惟有一江明月碧琉璃”数句，前者是哲理式的叙述，后者则隐然喻现了一种开阔的襟怀。像这两种意境，便不仅是欧阳修词中所少见的，也是《花间》以来五代宋初各家词作中所少见的。所以苏轼早期的词，虽然也流露有曾受过欧词影响的痕迹，然而却同时也已经表现了将要从欧词之“疏隽”，发展开拓出另一条更为开阔博大之途径的趋向。以上可以说是从早期的苏词中所可见到的欧词对苏词之影响，以及二人间之继承与开拓的关系。

下面我们便将对柳永词与苏轼词之间的关系，也略加探讨。我们以前在论说柳永词的时候，本来也曾提到过苏轼对柳词之特别注意，以及苏轼对柳词之两种不同的评价。根据苏轼自己的作品和宋人笔记中的一些记述来看，苏轼对当

一些記述來看，蘇軾對當時詞人作品的關心和論評，實在以有關柳永的記述為最多，而且往往欲以自己之所作來與柳詞相比較。即如我們在前文所引蘇軾在《與鮮于子駿書》之中所說的「雖無柳七郎風味，亦自是一家」的話，其欲以自己之詞作與柳詞相比較的口吻，甚是顯然可見的。再如我們以前在《論柳永詞》一文所常引的宋人筆記的記述說蘇軾在玉堂之日，曾向幕士自己之所作比柳詞何如的故事（見俞文豹所撰之《吹劍續錄》，已詳見《論柳永詞》一文，茲不再贅）。這些記述都表現出蘇軾對於柳永的詞，實在非常重視，所以才介介欲以自己之所作與柳詞相比較。至於蘇軾對柳永之評價，則可以分別為正反兩種不同的意見。先從反面的觀點來看，即如《詞林紀事》（卷六）引《高齋詩話》

时词人作品的关心和论评，实在以有关柳永的记述为最多，而且往往欲以自己之所作来与柳词相比较。即如我们在前文所引苏轼在《与鲜于子骏书》中所说的“虽无柳七郎风味，亦自是一家”的话，其欲以自己之词作与柳词相比较的口吻，就是显然可见的。再如我们以前在《论柳永词》一文所举引的宋人笔记的记述，说苏轼在玉堂之日，曾问幕士自己之所作比柳词如何的故事[1]（见俞文豹所撰之《吹剑续录》，已详见《论柳永词》一文，兹不再赘）。这些记述都表现出苏轼对于柳永的词，实在非常重视，所以才斤斤欲以自己之所作与柳词相比较。至于苏轼对柳永之评价，则可以分别为正反两种不同的意见。先从反面的观点来看，即如《词林纪事》（卷六）引《高斋诗话》所记载的，

[1] 叶嘉莹《论柳永词》：俞文豹《吹剑续录》就曾记载着：“东坡在玉堂，有幕士善讴。因问：‘我词比柳词何如？’对曰：‘柳郎中词，只好十七八女孩儿，执红牙拍板，歌“杨柳岸晓风残月”；学士词，须关西大汉，执铁板，唱“大江东去”。公为之绝倒。’”

」記載的秦觀自會稽入京見蘇軾，蘇軾舉秦之〈滿庭芳〉（山抹微雲）一首中之「銷魂、當此際」數語，以為秦氏學柳七作詞，而語含譏諷之意（此故事又見《唐宋諸賢絕妙詞選》所引述，大旨相同，已詳《論柳永詞》之一篇中，茲不再贅）。從這些記述來看，都可見到蘇軾對於柳詞的某些風格，是確實有不凡之處的，可是值得注意的是，另一方面則蘇軾對柳永之詞卻也曾備致譏揚。我們在以前《論柳永詞》一文中，便曾經引述過趙令時之《侯鯖錄》、吳曾之《能改齋漫錄》、胡仔之《苕溪漁隱叢話》所轉引之《復齋漫錄》諸家之記述，皆謂蘇軾曾稱美柳詞《八聲甘州》（對瀟瀟暮雨灑江天）一首中之「漸霜風淒緊、關河冷落、殘照當樓」數句，以為其「不減唐人高處」，可參看《論柳永

秦观自会稽入京见苏轼，苏轼举秦之《满庭芳》（山抹微云）一首中之“销魂，当此际”数语，以为秦氏学柳七作词，而语含讥讽之意。[1]（按：此一故事又见于《御选历代诗余》及叶梦得《避暑录话》卷二，所引述者大旨相同。已详《论柳永词》一篇中，兹不再赘。）从这些记述来看，都可见到苏轼对于柳词的某些风格，是确实有不满之处的。可是值得注意的是，另一方面则苏轼对柳永之词却也曾备致赞扬。我们在以前《论柳永词》一文中，便曾经引述过赵令畤之《侯鲭录》、吴曾之《能改斋漫录》及胡仔之《苕溪渔隐丛话》所转引之《复斋漫录》等诸宋人之记述，皆谓苏轼曾称美柳词《八声甘州》（对潇潇暮雨洒江天）一首中之“渐霜风凄紧，关河冷落，残照当楼”数句，以为其“不减唐人高处”[2]（可参看《论柳永词》一文，兹不再引）。

[1] 此事又见《唐宋诸贤绝妙词选》卷二：秦少游自会稽入京，见东坡，坡云：“久别当作文甚胜，都下盛唱公‘山抹微云’之词。”秦逊谢。坡遽云：“不意别后，公却学柳七作词。”秦答曰：“某虽无识，亦不至是，先生之言，无乃过乎？”坡云：“‘销魂，当此际’，非柳词句法乎？”秦惭服，然已流传，不复可改矣。

[2] 赵令畤《侯鲭录》记载：“东坡云：世言柳耆卿曲俗，非也，如《八声甘州》云‘渐霜风凄紧，关河冷落，残照当楼’，此语于诗句不减唐人高处。”

清人翁方纲《石洲诗话》曾言：“盛唐诸公之妙，自在气体醇厚，兴象超远。”苏轼谓柳永“不减唐人高处”，即因其词兴象高远也。

詞》一文，茲不再引）。總結以上之記述，我們可以把蘇軾對柳詞之態度，簡單歸納為以下三點：其一是對柳詞極為重視，將之視為互相比量的對手；其二則是對柳詞中的淫靡之作也表現了鄙薄和不滿；其三則是對柳詞中之興象高遠之特色，則又有獨到的賞識。基於此種複雜的態度，因此柳詞與蘇詞之間，就產生了一種頗不容易為人所體會的微妙的關係。首先就蘇軾對柳詞之重視而言，當仁宗嘉祐二年，蘇軾初來汴京應舉之時，蓋正為柳詞盛行於世到處傳唱之際，此種情形必曾予青年之蘇軾以極深刻之印象。因此當蘇軾後來也着手開始寫詞之時，他所寫的第一首長調「赴密州、早行、馬上寄子由」的〈沁園春〉詞，就留下了明顯的曾受柳詞影響的痕跡。即如該詞上半闋所寫

1 沁园春

赴密州，早行，马上寄子由

孤馆灯青，野店鸡号，旅枕梦残。渐月华收练，晨霜耿耿，云山摛锦，朝露团团。世路无穷，劳生有限，似此区区长鲜欢。微吟罢，凭征鞍无语，往事千端。

当时共客长安，似二陆初来俱少年。有笔头千字，胸中万卷，致君尧舜，此事何难。用舍由时，行藏在我，袖手何妨闲处看。身长健，但优游卒岁，且斗尊前。

总结以上之记述，我们可以把苏轼对柳词之态度，简单归纳为以下三点：其一是对柳词极为重视，将之视为互相比并的对手；其二则是对柳词中的淫靡之作也表现了鄙薄和不满；其三则是对柳词中之兴象高远之特色，则又有独到的赏识。基于此种复杂的态度，因此柳词与苏词之间，就产生了一种颇不容易为人所体会的微妙的关系。首先，就苏轼对柳词之重视而言，当仁宗嘉祐二年，苏轼初来汴京应举之时，盖正为柳词盛行于世到处传唱之际，此种情形必曾予青年之苏轼以极深刻之印象。因此当苏轼后来也着手开始写词之时，他所写的第一首长调“赴密州，早行，马上寄子由”的《沁园春》[1]词，就留下了明显的曾受柳词影响的痕迹。即如该词上半阕所写的“孤馆灯青，野店

的「孤館燈青，野店雞號，旅枕夢殘。漸月華收練，晨霜耿耿，雲山摛錦，朝露團團」數句，便與柳永的羈旅行役之詞中鋪敘景物的手法和風格，甚為相近。這種情形，無論其出於有心之模仿，或無心之影響，我以為都是一種可以諒解的極自然的現象。因為一般說來，由寫詩而後轉入寫詞之嘗試的作者，習慣上往往多是先從小令開始，即使高才如蘇軾者，對此也並非例外。此蓋由於小令之篇幅與近體詩較為相近，習慣於寫詩之人，對小令之篇幅便也更易於掌握。所以蘇軾最早所寫的詞作，原來也與歐陽修之疏雋的風格相接近的，表現有高遠疏放之氣度和超逸豪邁之意興的令詞。及至他後來要嘗試長調慢詞之寫作時，而慢詞之篇幅及鋪排既迥然不同於近體詩和短小的令詞，如

鸡号，旅枕梦残。渐月华收练，晨霜耿耿，云山摛锦，朝露团团”数句，便与柳永的羁旅行役之词中铺叙景物的手法和风格，甚为相近。这种情形，无论其出于有心之模仿，或无心之影响，我以为都是一种可以谅解的极自然的现象。因为一般说来，由写诗而后转入写词之尝试的作者，习惯上往往多是先从小令开始，即使高才如苏轼者，对此也并非例外。此盖由于小令之声律与近体诗较为相近，习惯于写诗之人，对小令之声律便也更易于掌握。所以苏轼最早所写的词作，原来也是与欧阳修之疏隽的风格相接近的，表现有高远疏放之气度和游赏遣玩之意兴的令词。及至他后来要尝试长调慢词之写作，而慢词之声律及铺排既迥然不同于近体诗和短小的令词，如此则在未能熟练地掌握慢

此則在未能盡練地掌握慢詞之特色與手法之際，若想找一個足堪參考借鑑的作者，則蘇軾所熟悉的一位曾予他以極深之印象的慢詞的作者，當然就是柳永。所以他的第一首長調的〈沁園春〉詞，就不免流露了柳詞之影響的痕跡。不過以蘇軾之高才，自並非柳永之所能局限，何況以他的所稟之天性，對柳詞的一些淫靡鄙俗之作又本來就有所不滿，因此他遂又想致力於變革柳詞之風氣，而欲開闢蹊徑，自成一家。在這種開徑創新的拓展中，蘇詞之最值得人注意的一點特色，就是其氣象之博大開闊，善寫古遠之景色，而充滿感發之力量。即如其「赤壁懷古」一首〈念奴嬌〉之詞，開端之「大江東去，浪淘盡千古風流人物」數句，及「黃州快哉亭」一首〈水調歌頭〉之詞，開端之「落日繡簾

词之特色与手法之际，若想找一个足资参考借鉴的作者，则苏轼所熟悉的一位曾予他以极深之印象的慢词的作者，当然就是柳永。所以他的第一首长调的《沁园春》词，就不免流露了柳词之影响的痕迹。不过以苏轼之高才，自并非柳永之所能局限，何况以他的旷逸之天性，对柳词的一些淫靡鄙俗之作又本来就有所不满，因此他遂又想致力于变革柳词之风气，而独辟蹊径，自成一家。在这种开径创新的拓展中，苏词之最值得人注意的一点特色，就是其气象之博大开阔，善写高远之景色，而充满感发之力量。即如其"赤壁怀古"一首《念奴娇》词，开端之"大江东去，浪淘尽千古风流人物"数句，及"黄州快哉亭"一首《水调歌头》[1]词，开端之"落日绣帘卷，亭下水连空"数句，

1 水调歌头·黄州快哉亭

落日绣帘卷，亭下水连空。知君为我新作，窗户湿青红。长记平山堂上，攲枕江南烟雨，杳杳没孤鸿。认得醉翁语，"山色有无中"。

一千顷，都镜净，倒碧峰。忽然浪起，掀舞一叶白头翁。堪笑兰台公子，未解庄生天籁，刚道有雌雄。一点浩然气，千里快哉风。

捷，亭下水連空」數句，以及「寄參寥子」一首之〈八聲甘州〉詞，開端之「有情風万里捲潮來，無情送潮歸」數句，凡此之類，蓋皆有如前人評蘇詞之所謂「逸懷浩氣，超然乎塵垢之外」，大有使人登高望遠，舉首高歌」之意味。故後人往往稱蘇詞為「豪放」，而稱柳詞為「婉約」，以表示二人之風格之迥然相異。而殊不知二人風格雖異，但蘇詞中此等興象高遠之筆致，却原來很多就正是有得之於柳詞的啟發和影響的。蘇軾之讚美柳永的〈八聲甘州〉（對瀟瀟暮雨灑江天）一首詞，舉出其中的「漸霜風淒緊、關河冷落、殘照當樓」數句，以為其「不減唐人高處」，就正是對此中消息的一点洩漏。因為柳詞這几句的好處，原來就正在於其所寫的景象之高遠，和寓於感發之力量。而這也

以及“寄参寥子[1]”一首《八声甘州》[2]词，开端之“有情风万里卷潮来，无情送潮归”数句，凡此之类，盖皆有如前人评苏词之所谓“逸怀浩气，超然乎尘垢之外”，大有“使人登高望远，举首高歌”之意味。故后人往往称苏词为“豪苏”，而称柳词为“腻柳”，以表示二人之风格之迥然相异。而殊不知二人风格虽异，但苏词中此等兴象高远之笔致，却原来很可能正是有得之于柳词的启发和灵感。苏轼之赞美柳永的《八声甘州》（对潇潇暮雨洒江天）一首词，举出其中的“渐霜风凄紧，关河冷落，残照当楼”数句，以为其“不减唐人高处”，就正是对此中消息的一点泄露。因为柳词这几句的好处，原来就正在于其所写的景象之高远和富于感发之力量。而这也就正是苏词对之称赏有得之

[1] 参寥子，法号道潜，北宋诗僧，自号参寥子。浙江杭州人，幼不茹荤，以童子诵《法华经》度为比丘。于内外典无所不窥，能文章，尤喜为诗，著有《参寥子诗集》。为苏轼好友。轼谪居齐安，道潜不远两千里相从，留期年，遇移汝海，同游庐山。轼有《次韵道潜留别》诗。

[2]《八声甘州·寄参寥子》全词见本书《论苏轼词之二》。

就不只苏词时之称赏有得之处。而且柳词中表现有此一类气象与意境之作，还不仅限于此词之此数句而已，即如以前我们在《论柳永词》一文中，所曾举引过的《雪梅香》（景萧索、危楼独立面晴空）一首、《曲玉管》（陇首云飞、江边日晚）一首、及《玉蝴蝶》（望处雨收云断）一首，这些词便也都是极富于此种高远之兴象的作品。盖柳词中虽然有不少为乐工歌伎而写的一类淫靡之作，但另外却也有不少极富于高远之兴象，表现了一己才人失志之悲慨的作品。所以柳词中可以说本来就含有两类不同性质的作品、苏轼所鄙视的是柳永前一类作品，而其所称赏者，则是柳永的后一类作品。只不过柳词常把这种兴象高远的秋士之慨、与缠绵柔婉的儿女之情结合在一起来抒写，

处。而且柳词中表现有此一类气象与意境之作，还不仅限于此词之此数句而已，即如以前我们在《论柳永词》一文中，所曾举过的《雪梅香》（景萧索，危楼独立面晴空）[1]一首、《曲玉管》（陇首云飞，江边日晚）[2]一首及《玉蝴蝶》（望处雨收云断）[3]一首，这些词便也都是极富于此种高远之兴象的作品。盖柳词中虽然有不少为乐工歌伎而写的一类淫靡之作，但另外却也有不少极富于高远之兴象，表现了一己才人失志之悲慨的作品。所以柳词中可以说本来就含有两类不同性质的作品。苏轼所鄙视的是柳永前一类作品，而其所称赏者，则是柳永的后一类作品。只不过柳词常把这种兴象高远的秋士之慨，与缠绵柔婉的儿女之情结合在一起来抒写，因此遂往往使一般人忘其高远

[1] 雪梅香

景萧索，危楼独立面晴空。动悲秋情绪，当时宋玉应同。渔市孤烟袅寒碧，水村残叶舞愁红。楚天阔，浪浸斜阳，千里溶溶。

临风，想佳丽，别后愁颜，镇敛眉峰。可惜当年，顿乖雨迹云踪。雅态妍姿正欢洽，落花流水忽西东。无憀恨，相思意，尽分付征鸿。

[2] 曲玉管

陇首云飞，江边日晚，烟波满目凭阑久。立望关河萧索，千里清秋，忍凝眸？杳杳神京，盈盈仙子，别来锦字终难偶。断雁无凭，冉冉飞下汀洲，思悠悠。

暗想当初，有多少幽欢佳会，岂知聚散难期，翻成雨恨云愁？阻追游。每登山临水，惹起平生心事，一场消黯，永日无言，却下层楼。

[3] 下转第51页。

因此遂往往使一般人忘其高远而只见其淫靡了。而苏轼却具有特别过人的眼光，能见到了柳詞中這一類意境之「不減唐人高处」。此种赏鉴之能力，一方面固然由於苏轼之高才卓識果有过人之处，另一方面也由於此种高远之气象，与苏轼开阔超旷之天性也原有相近之处的原故。但同時此种天性却又正是促使苏轼的詞向着另一條途径发展，終於形成了与柳詞全然相異之另一風格的主要因素。此种関係，看似微妙，但却也並不難於理解。蓋正如上文論及欧詞与苏詞並係时之所言，欧詞与苏詞的同中有異，其故乃在於，欧詞之放，僅為借外景遣玩时情緒之疏放，而苏詞之放，則為发自内心襟怀的具有哲理意味之旷放。是則造成欧苏两家詞風不同的主要因素，原即在於苏氏天性中所具

而只见其淫靡了。而苏轼却具有特别过人的眼光，能见到柳词中这一类意境之“不减唐人高处”。此种赏鉴之能力，一方面固然由于苏轼之高才卓识果有过人之处，另一方面也由于此种高远之气象，与苏轼开阔超旷之天性也原有相近之处。但同时此种天性却又正是促使苏轼的词向着另一条途径发展，终于形成了与柳词全然相异之另一风格的主要因素。此种关系，看似微妙，却也并不难于理解。盖正如上文论及欧词与苏词关系时之所言，欧词与苏词的同中有异，其故乃在于，欧词之放，仅为借外景遣玩时情绪之疏放，而苏词之放，则为发自内心襟怀的具有哲理意味之旷放。是则造成欧苏两家词风不同的主要因素，原即在于苏氏天性中所具有的一种超旷之特质。现在我们又论及柳

[3] 上接第49页。

玉蝴蝶

望处雨收云断，凭阑悄悄，目送秋光。晚景萧疏，堪动宋玉悲凉。水风轻，蘋花渐老，月露冷，梧叶飘黄。遣情伤，故人何在，烟水茫茫。

难忘。文期酒会，几孤风月，屡变星霜。海阔山遥，未知何处是潇湘！念双燕，难凭远信，指暮天，空识归航。黯相望，断鸿声里，立尽斜阳。

有的一種超曠之特質。現在我們又論及柳詞所寫高遠之興象，雖與蘇詞有近似之處，但二家風格乃迥然相異，其主要之區別，便也仍在於二人天性之不同。柳詞所寫景物雖極高遠，但多為淒涼日暮蕭瑟驚秋之景，其景與情之關係、乃是由外在淒涼之景、而引起內心中失志之悲，這當然是由於柳永自己本來就是一個落拓失志的詞人之故。至於蘇軾所寫的高遠之景象，則使人但見其開闊博大，而並無蕭瑟淒涼之意，其景與情之關係，乃是作者天性中超曠之襟懷與外界超曠之景物間的，一種即景即心之融匯。而且柳詞在寫過高遠的景物以後，往往就又回到其纏綿的柔情之中，但蘇軾則常是通篇都保留著超曠之襟懷與意興。所以蘇軾雖然也曾繼一部份柳詞「不減唐人高處」的意境和

词所写高远之兴象，虽与苏词有近似之处，但二家风格乃迥然相异，其主要之区别，便也仍在于二人天性之不同。柳词所写景物虽极高远，但多为凄凉日暮萧瑟惊秋之景，其景与情之关系，乃是由外在凄凉之景，而引起内心中失志之悲，这当然是由于柳永自己本来就是一个落拓失志的词人。至于苏轼所写的高远之景象，则使人但见其开阔博大，而并无萧瑟凄凉之意，其景与情之关系，乃是作者天性中超旷之襟怀与外界超旷之景物间的，一种即景即心之融汇。而且柳词在写过高远的景物以后，往往就又回到其缠绵的柔情之中，但苏轼则常是通篇都保留着超旷之襟怀与意兴。所以苏轼虽然也曾从一部分柳词“不减唐人高处”的意境和气象中获得启发，却并未为其所限制，而终于蜕

气象中获得启发，但却并未为其所限制，而终於蜕变成与柳词迥异的超旷之风格。总之，苏轼与柳词之关系，也正象他与欧词的关系一样，早期作品中虽曾受到若干影响，而却终於突破局限，而开拓出自己的道路，至其开拓之主要方向，则是以其天性中超旷之精神为本质的一种超旷之风格。在这种继承与开拓之关系中，我们既看到了词这种文学体式，在本身发展方面之一种要求开拓的自然趋势，也看到了北宋时到处流唱歌词的社会背景，对一位多才且兴趣广泛的作者的影响，更看到了一位具有特殊禀赋的诗人，如何发挥其本身禀赋之特质，因而突破前人之局限，而开拓出自己的一条途径来，英雄既足以创造时势，时势也予以成就英雄，在词的发展史中，苏轼就正是这样一位

变成与柳词迥异的超旷之风格。总之，苏轼与柳词之关系，也正像他与欧词的关系一样，早期作品中虽曾受到若干影响，而却终于突破局限，而开拓出自己的道路，至其开拓之主要方向，则是以其天性中超旷之精神为本质的一种超旷之风格。在这种继承与开拓之关系中，我们既看到了词这种文学体式，在本身发展方面之一种要求开拓的自然趋势，也看到了北宋时到处演唱歌词的社会背景，对一位多才且兴趣广泛的作者的影响，更看到了一位具有特殊禀赋的诗人，如何发挥其本身禀赋之特质，因而突破前人之局限，而开拓出自己的一条途径来。英雄既足以创造时势，时势也可以成就英雄。在词的发展史中，苏轼就正是这样天性中既具有独特之禀赋，又生当北宋词坛之盛世，虽然仅以馀力为词，而却终於为五代以来一直被目为艳科的小词，开拓出一片高远广大之新天地的重要的作者。

一九八四年六月三日写毕此节于成都

一位天性中既具有独特之禀赋，又生当北宋词坛之盛世，虽然仅以余力为词，而却终于为五代以来一直被目为艳科的小词，开拓出了一片高远广大之新天地的重要的作者。

一九八四年六月三日写毕此节于成都

注释

①苏轼之思想於儒释道三家以外，其所受有佛家之影响。盖苏氏之性情聪明，才识过人，故能撷取诸家思想之与自己性情相近者，使之皆成为自己修养之一部份。故苏氏之见，盖以为儒、释、道三者，在相异之中亦有相同之处，虽相反，而可以互相为用。其跋苏辙《老子解》（在其所撰之跋之中，引苏轼之语）即曾云："使汉初有此书，则孔子老子为一；使晋宋间有此书，则佛老不为二。"（见《苏东坡集·跋子由老子解后》）其《祭龙井辩才文》之中亦曾以为虽然"孔老异门，儒释分宫"，然而"江河虽殊，其至则同"。当其为人所用，则可以"遇物而应，施则无穷"。（见《苏东坡全集·续集》卷十六）此种融通运用之妙，盖正为苏氏一己之学而有得之言也。

②按苏轼此词，元好问曾疑为伪作，见《元遗山文集》（卷三十六）中之《东坡乐府集选引》，云："绛人孙

注释：

① 苏轼之思想于儒道二家以外，其后亦受有佛家之影响。盖苏氏之性情超旷，才识过人，故能撷取诸家思想之与自己性情相近者，使之皆成为自己修养之一部分。就苏氏之见，盖以为儒、释、道三者，在相异之中亦有相同之处，虽相反，而可以互相为用。苏辙在其所撰《老子解》之跋文中，即曾引苏轼之语云：“使汉初有此书，则孔子、老子为一；使晋宋间有此书，则佛老不为二。”（见《丛书集成》本《老子解》）苏轼在其自己的《祭龙井辩才文》中，亦曾以为虽然“孔老异门，儒释分宫”，然而“江河虽殊，其至则同”。当其为人所用，则可以“遇物而应，施则无穷”。（见《东坡全集·续集》卷十六）此中融汇运用之妙，盖正为苏氏一己学而有得之言也。

② 按：苏轼此词，元好问曾疑为伪作，见《元遗山文集》（卷三十六）中之《东坡乐府集选引》，云：“绛人孙安尝注坡词……删去他人所作……五十六首，不可谓无

安常注坡詞，……五十六首，不可謂無功。然尚有可論者，……如「嘗時共客長安……袖手何妨閑處看（即此詞之下半闋）之句，其鄙俚淺近，叫呼衒鬻，殆市駔之雄，醉飽而後發之……而謂東坡作者，誣矣」。元氏之言，蓋由其夙日推尊蘇詞，故不欲以此等淺率之句歸之蘇軾，然蘇詞並非決無淺率之筆，此當於下一節詳之。且自傅安常以來歷代編選校注蘇詞者，多仍以此詞歸之蘇氏。元氏之說，並無確據，似仍以從眾為是。

③按此句原文如此，蘇軾之意，蓋謂自己雖不能歌，然常令人唱為任何歌詞而聽之也。

六月十三日補作注釋

功。然尚有可论者……如‘当时共客长安……袖手何妨闲处看’（即此词之下半阕）之句，其鄙俚浅近，叫呼炫鬻，殆市驵之雄，醉饱而后发之……而谓东坡作者，误矣。”元氏之言，盖由其夙日推尊苏词，故尔不欲以此等浅率之句属之苏轼，然苏词并非决无浅率之笔，此意当于下一节详之。且自孙安常以来，历代编选校注苏词者，多仍以此词属之苏氏。元氏之说，并无确据，似仍以从众为是。

③ 按：此句原文如此，苏轼之意，盖谓自己虽不能歌，然常令人唱为任何歌词而听之也。

六月十三日补作注释

論蘇軾詞之二

第 1 页 二

「道是無情是有情，錢塘万里看潮生，可知天海風濤曲，也雜人間怨斷聲。」

論蘇軾詞絕句之二

在前一節中，我們已曾論到蘇軾天性中蓋原具有兩种不同之特質，一种是儒家用世之志意，另一种則是道家超然之精神，前者是他欲有所為之時的立身之正途，后者則是他不能有為之時的解脫之妙理。蘇軾之開始致力於詞之寫作，既是在其仕途受到挫折以后，則其詞之走向超然之風格，便自是一种必然之結果。何況我們早以前在論歐陽修詞時，還曾提到過「觀人於揖讓，不若觀人於遊戲」的話，一般人寫詞之態度既不像寫詩之態度那樣莊嚴，因此當其寫詞之時，反而也就更能擺脫了在嚴肅的文學作品中之有意為之的拘束，而往往多

20×15=300

四川大学历史研究所稿纸

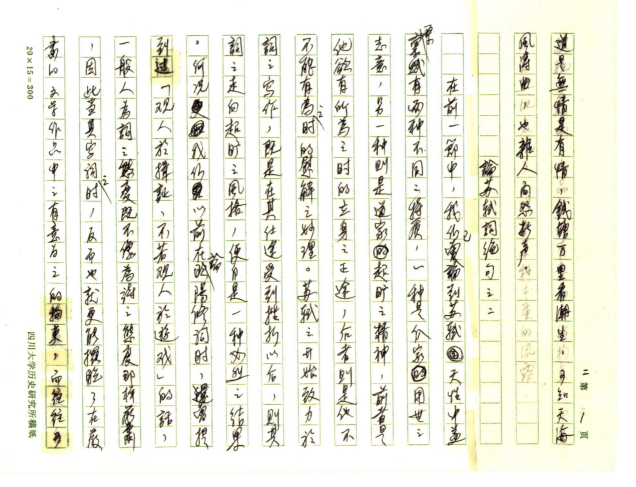

道是无情是有情，钱塘万里看潮生。

可知天海风涛曲，也杂人间怨断声。

论苏轼词绝句之二

在前一节中，我们已曾论到苏轼天性中盖原禀赋有两种不同之特质，一种是儒家用世之志意，另一种则是道家超旷之精神，前者是他欲有所为之时的立身之正途，后者则是他不能有为之时的慰解之妙理。苏轼之开始致力于词之写作，既是在其仕途受到挫折以后，则其词之走向超旷之风格，便自是一种必然之结果。何况我们以前在论欧阳修词时，还曾提到过“观人于揖让，不若观人于游戏”的话[1]，一般人为词之态度既不像为诗之态度那样严肃，因此当其写词之时，反而也就更能摆脱在严肃的文学作品中之有意为之的拘束，而往往可以更加自然地流露出自己天

[1] 叶嘉莹《论欧阳修词》：昔人有云“观人于揖让，不若观人于游戏。”正因为“揖让”之际尚不免于有心为之，而“游戏”之际，才更可以见到一个人真性情的流露。欧阳修以游戏笔墨写为小词，而其心灵性格最深微的一面，乃自然流露于其中，这是欣赏欧词时所最当加以细心吟味的。

以更加自然地流露出自己天性中之某些特質。所以蘇軾的詞作，乃較之其全集中的一些其他體式的文學作品，更為集中的表現了這種超曠之特質。當然，蘇軾詞中原不僅只有超曠的一種風格（關於蘇詞中之其他風格，我們將留到下節再加討論），不過超曠乃是蘇之所以異於其他諸詞人的主要特色。關於此一特質，也有人以豪放稱之，且將之與南宋之辛棄疾並稱，以為蘇辛二家乃兩宋豪放詞人之代表作者。其實蘇辛二家之詞風原不盡同，王國維在其《人間詞話》中即曾云：「東坡之詞曠，稼軒之詞豪」，這是極有見地的話。蓋辛詞沉鬱，蘇詞超妙；辛詞多悲慨之氣，蘇詞富曠逸之懷。雖然二人皆有其能「放」之處，而其所以為「放」者，則並不相同。一般說來，辛詞之放是由

性中之某些特质。所以苏轼的词作，乃较之其全集中的一些其他体式的文学作品，更为集中地表现了这种超旷之特质。当然，苏轼词中原不仅只有超旷的一种风格（关于苏词中之其他风格，我们将留到下节再加讨论），不过超旷乃是苏之所以异于其他诸词人的主要特色。关于此一特质，也有人以豪放称之，且将之与南宋之辛弃疾并称，以为苏辛二家乃两宋豪放词人之代表作者。其实苏辛二家之词风原不尽同，王国维在其《人间词话》中即曾云："东坡之词旷，稼轩之词豪。"[1]这是极有见地的话。盖辛词沉郁，苏词超妙。辛词多愤慨之气，苏词富旷逸之怀。虽然二人皆有其能"放"之处，而其所以为"放"者，则并不相同。一般说来，辛词之放是由于一种英雄豪杰之气，而苏词之

[1] 王国维《人间词话》四四："东坡之词旷，稼轩之词豪。无二人之胸襟而学其词，犹东施之效捧心也。"

陈廷焯《白雨斋词话》曰："苏、辛并称，然两人绝不相似。魄力之大，苏不如辛；气体之高，辛不逮苏远矣。"

於一種英雄豪傑之氣，而蘇詞之豪，則是由於一種曠達超逸之懷。這便是我之所以捨棄「豪放」二字而以「超曠」稱述蘇詞的緣故。如果說蘇詞中也有表現為英雄豪傑之氣者，則最為眾所熟知的一篇作品，自當推其《江城子》〈老夫聊發少年狂〉一首為代表。然而如此詞之風格者，在蘇詞中實在並不多見。所以此種風格乃但能視之為蘇詞多種風格中之一種，而不能將此種風格視為蘇詞之主要特質也。至於其主要風格之超曠的特質，則一般人的認識對之也各有不同。以下我們就將略舉幾家重要的說法來一作參考。最常為眾人所引用的，如胡寅之《酒邊詞序》云：「眉山蘇氏，一洗綺羅香澤之態，擺脫綢繆宛轉之度，使人登高望遠，舉首高歌，而逸懷浩氣，超乎塵垢之外」。又如王

放，则是由于一种旷达超逸之怀。这便是我之所以舍弃“豪放”二字而以“超旷”称述苏词的缘故。如果说苏词中也有表现为英雄豪杰之气者，则最为众所熟知的一篇作品，自当推其《江城子》（老夫聊发少年狂）一首为代表，然而如此词之风格者，在苏词中实在并不多见。所以此种风格乃但能视之为苏词多种风格中之一种，而不能将此种风格视为苏词之主要特质也。至于其主要风格之超旷的特质，则一般人的认识对之也各有不同。以下我们就将略举几家重要的说法来一作参考。最常为众人所引用的，如胡寅之《酒边词·序》[1]云：“眉山苏氏，一洗绮罗香泽之态，摆脱绸缪宛转之度，使人登高望远，举首高歌，而逸怀浩气，超乎尘垢之外。”又如王若虚《滹南诗话》[2]云：

[1] 胡寅，字明仲，建州崇安（今属福建）人，宋代学者，湖湘学派奠基人之一。徽宗宣和年间进士，历官起居郎、中书舍人、礼部侍郎等，绍兴二十一年（1151）卒，年五十九。著有《论语详说》《读史管见》《斐然集》等。生平详见《宋史·胡寅传》。

《酒边词·序》系胡寅为向子諲著《酒边词》所作序言。序中对苏轼词评价甚高，称苏词出世之后，“于是《花间》为皂隶，而柳氏为舆台矣”。

[2] 王若虚，藁城（今属河北）人，字从之，号慵夫，金代文学家。幼颖悟。金章宗承安二年擢经义进士，历官国史院编修官，迁应奉翰林文字等。金亡不仕，自称滹南遗老，年七十而卒。著有《慵夫集》《滹南遗老集》等。生平详见《金史·王若虚传》。

《滹南诗话》共三卷八十九条，强调诗词应“以意为之主，字语为之役”，故推崇白居易、苏轼等对诗词风格的变革。

若虛《滹南詩話》云：「蓋其天資不凡，辭氣邁往，故落筆皆絕塵耳」。再如周濟《宋四家詞選序論》云：「東坡天趣獨到處，殆成絕詣」。更如劉熙載《藝概》云：「東坡詞頗似老杜詩，以其無意不可入、無事不可言也」。又云：「東坡詞具神仙出世之姿」。以上諸說，大抵皆為對蘇詞超曠之特質的有見之言，而且各種觀點也都有可供發揮闡釋之處。但本文既因篇幅及體例之限制，故不擬在此更為推演，且凡此諸說既為一般讀者之所共有的感受，則亦不需本文於此再加費筆墨來述說人所共見之言。現在我們在引述諸說之後，所要提出來討論的，乃是在這些說法中，過去也曾有兩點引起過一些人們的疑問和爭議。其一是蘇詞既是「一洗綺羅香澤之態，擺脫綢繆宛轉之度」，是否這便表示了蘇軾為人

"盖其天资不凡，辞气迈往，故落笔皆绝尘耳。"再如周济《宋四家词选序论》[1]云："东坡天趣独到处，殆成绝诣。"更如刘熙载《艺概》[2]云："东坡词颇似老杜诗，以其无意不可入，无事不可言也。"又云："东坡词具神仙出世之姿。"以上诸说，大抵皆为对苏词超旷之特质的有见之言，而且各种观点也都有可供发挥阐释之处。但本文既因篇幅及体例之限制，故不拟在此更为推演，且凡此诸说既为一般读者之所共有的感受，则亦不需本文于此再费笔墨来述说人所共见之言。现在我们在引述诸说之后，所要提出来讨论的，乃是在这些说法中，过去也曾有两点颇引起过一些人们的疑问和争议。其一是苏词既是"一洗绮罗香泽之态，摆脱绸缪宛转之度"，是否这便表示了苏轼为人之"不及情"的有情无情的问题；其二则是苏词既是"天

[1] 周济，字保绪，荆溪（今江苏宜兴）人，清代词论家。清嘉庆十年（1805）进士，任淮安府学教授。道光十九年（1839）卒，年五十九。著有《词辨》《介存斋文稿》等。生平详见《清史稿·周济传》。

《宋四家词选序论》撰于清道光十二年（1832），序中以周邦彦、辛弃疾、王沂孙、吴文英四家为宋词之代表，其他词人附属于四家之后。

[2] 刘熙载，字伯简，号融斋，江苏兴化人，清代文学家。道光二十四年（1844）进士，官至左春坊左中允、广东学政。潜心学问，自六经、子、史外，凡天文、算术、字学、韵学及仙释家言，靡不通晓。而尤以躬行为重。时人誉之为"以正学教弟子，有胡安定风"。光绪七年（1881）卒，年六十九。著有《艺概》《昨非集》《四音定切》等。生平详见《清史稿·刘熙载传》。

《艺概》是一部重要的文艺理论论著，共六卷，分别论述文、诗、赋、词曲、书法及经义等的体制流变、创作理论等。

之「不及情」的有情無情的問題；其二則是蘇詞既是「天趣獨到」「逸懷浩氣、超乎塵垢之外」「是神仙出世之資」，有如此超曠之襟懷與意境。然而卻也有人曾從蘇詞中，見到了其「寄慨無端」之處，與「幽咽怨斷之音」的問題。以下我們就將對此之問題一加討論。

先談蘇軾之是否「不及情」的問題。王若虛之《滹南詩話》（卷二）即曾載云：「晁无咎云：『眉山公之詞短於情，蓋不更此境耳。』陳後山曰：『宋玉不識巫山神女而能賦之，豈待更而後知？』是直以公為不及於情也。嗚呼，風韻如東坡，而謂不及於情，可乎哉！」本來，自五代以來，詞既然是在歌筵酒席間傳唱的歌詞，所以幾乎歷代詞人之作品中，都或多或少地曾經留有一些為歌兒舞伎而寫作的歌詞，此在蘇軾亦並非例外。不過

趣独到”“逸怀浩气，超乎尘垢之外”“具神仙出世之姿”，有如此超旷之襟怀与意境，然而却也有人曾从苏词中，见到了其“寄慨无端”之处与“幽咽怨断之音”的问题。以下我们就将对此二问题一加讨论。

先谈苏轼之是否“不及情”的问题。王若虚之《滹南诗话》卷二即曾载云：“晁无咎云‘眉山公之词短于情，盖不更此境耳’。陈后山曰：‘宋玉不识巫山神女而能赋之，岂待更而后知？’是直以公为不及于情也。呜呼，风韵如东坡，而谓不及于情，可乎？”本来，自五代以来，词既然是在歌筵酒席间传唱的歌词，所以几乎历代词人之作品中，都或多或少地曾经留有一些为歌儿舞伎而写作的歌词，此在苏轼亦并非例外。不过，在苏轼的这一类作品中，、在苏轼的这一类作品中，却表现了与别人不同之处，其一是苏轼虽然也写一些美丽的女子填写歌词，但其中却大多是为友人之姬妾侍儿而作，因此很少有私人一己之感情的介入其间；其二是在苏轼的笔下，即使同样是写美女，也不同於一般俗艳之脂粉，而别具高远之情致。即如其赠赵晦之吹笛侍儿的《水龙吟》（楚山修竹如云，异材秀出千林表）一首词，此首诸数句写笛之材质，便已可见苏轼之健笔高情。至其结尾数句之「嚼徵含宫，泛商流羽，一声云杪。为使君洗尽，蛮风瘴雨，作霜天晓」数句，写侍儿之吹笛，则更复写其高远，直欲以笛音涤过人间蛮风瘴雨之苦难矣。再如其为王定国歌儿柔奴所写的《定风波》（常羡人间琢玉郎）一首词，其上半阕结尾「自作清歌传

却表现了几点与别人不同之处，其一是苏轼虽然也为一些美丽的女子填写歌词，但其中却大多是为友人之姬妾侍儿而作，因此很少有私人一己之感情介入其间；其二是在苏轼的笔下，即使同样是写美女，也不同于一般俗艳之脂粉，而别具高远之情致。即如其赠赵晦之[1]吹笛侍儿的《水龙吟》（楚山修竹如云，异材秀出千林表）一首词，此开端数句写笛之材质，便已可见苏轼之健笔高情，至其结尾数句之“嚼徵含宫，泛商流羽，一声云杪。为使君洗尽，蛮风瘴雨，作霜天晓”数句，写侍儿之吹笛，则更复寄兴高远，直欲以笛音胜过人间贬谪蛮风瘴雨之苦难矣。再如其为王定国[2]歌儿柔奴所写的《定风波》（常羡人间琢玉郎）一首词，其上半阕结尾“自作清歌传皓齿，风起，雪飞炎

[1] 赵晦之，名昶，字晦之，南雄州（今属广东）人。熙宁年间知东武县，时苏轼知密州，治所即在东武。晦之罢东武令，苏轼作《减字木兰花》（贤哉令尹）相赠。后知滕州，以丹砂遗子瞻，子瞻以蕲笛报之，作《水龙吟》（楚山修竹如云）相赠。

[2] 王定国，名巩，字定国，山东莘县人，北宋初期名臣王旦之孙，北宋诗人、画家。以荫补入仕，累官至太常博士。元丰年间，坐与苏轼交通，受谤讪文字不缴，谪监宾州盐酒税，后几经贬谪，被列入“元祐党籍”。政和七年（1117）卒，年七十。著有《甲申杂记》《闻见近录》《随手杂录》等。

暗藹，風起、雲飛、海變清涼」數句，描寫得矯健飛揚，收束圓結尾「試問嶺南應不好，卻道、此心安處是吾鄉」數句，也寫得曠達瀟灑。如此之類，是雖寫歌兒舞伎，而並不作綺羅香澤之態者也。至於蘇軾自己贈伎之詞且寫得頗為有情者，則前後蓋有兩類，第一次是當蘇軾自杭州通判移知密州經過蘇州時所寫的「閶門留別」「醉落魄」（蒼顏華髮）一首詞，其下半闋之「離亭欲去歌聲咽、瀟瀟細雨涼吹頰、淚珠不用羅巾裛，彈在羅衫，圖得見時說」諸句，寫得極為淒婉。再有則是蘇軾將要自徐州移知湖州時所寫的「別徐州」「江城子」（天涯流落思無窮）一首詞，其中有「為問東風餘幾許，春縱在，與誰同」及「欲寄相思千點淚、流不到、楚江東」之句，寫得也極為婉轉纏綿

海变清凉”数句，既写得矫健飞扬，后半阕结尾“试问岭南应不好，却道，此心安处是吾乡”数句，也写得旷达潇洒。如此之类，是虽写歌儿舞伎，而并不作绮罗香泽之态者也。至于苏轼自己赠伎之词且写得颇为有情者，则前后盖有两度，第一次是当苏轼自杭州通判移知密州经过苏州时所写的“阊门留别”《醉落魄》（苍颜华发）一首词，其下半阕之“离亭欲去歌声咽，潇潇细雨凉吹颊，泪珠不用罗巾裛，弹在罗衫，图得见时说”诸句，写得极为凄婉。再有则是苏轼将要自徐州移知湖州[1]时所写的“别徐州”《江城子》（天涯流落思无穷）一首词，其中有“为问东风余几许，春纵在，与谁同”及“欲寄相思千点泪，流不到，楚江东”之句，写得也极为婉转缠绵。而且这两度的

[1] 今浙江湖州。苏轼元丰二年（1079）从徐州移知湖州才三个月，七月即因御史中丞李定等弹劾其诗讥讽朝廷，于湖州任上被捕入京，系于御史台狱。此即“乌台诗案”。

·而且这两度的离别之作，都不仅只写了一首词而已，前者在《醉落魄》之前，还写有一首《阮郎归》（一年三度过苏台）的词，后者则在《江城子》以后还写有一首《减字木兰花》（玉觞无味），中有"佳人千点泪"的句。从这两首词来看，苏轼并不是泛泛的赠伎之作，而该是果然有着惜别之情的作品。盖当时苏轼正在遭受到挫折流转各地之时，而从他在《醉落魄》之一词前半阕所写的"旧交新贵音书绝，惟有佳人，犹作殷勤别"的话，和《江城子》一词开端之"天涯流落思无穷"之句来看，是苏轼既伤怀身世流转之悲，而此两地之情才红粉乃如此殷勤惜别，则苏轼对之，自然亦不免有情。只是纵然是如此有情的作品，苏轼在《减字木兰花》一首词的结尾之处，也还是写了"一恨相开，正似当初本不来"

离别之作，都不仅只写了一首词而已，前者在《醉落魄》之前，还写有一首《阮郎归》（一年三度过苏台）的词，后者则在《江城子》以后还写有一首《减字木兰花》（玉觞无味，中有佳人千点泪）的词。从这四首词来看，苏轼所写都并不是泛泛的赠伎之作，而该是果然有着惜别之情的作品。盖当时苏轼正在仕途受到挫折流转各地之时，而从他在《醉落魄》一词前半阕所写的“旧交新贵音书绝，惟有佳人，犹作殷勤别”的话，和《江城子》词开端之“天涯流落思无穷”之句来看，是苏轼既满怀失意流转之悲，而此两地之怜才红粉乃如此殷勤惜别，则苏轼对之自然亦复不免有情。只是尽管是如此有情的作品，苏轼在《减字木兰花》一首词的结尾之处，也还是写了“一语相开，匹似当初本不来”的超解之辞，而且在前半阕的结尾处，也

上的拘解之辞，而且在卷半阙以结尾处，也还写了「学道忘忧，一念还成不自由」的话，则其不欲为此多情之一念所拘缚，而欲获致心灵上超解之用世的意愿，也还是隐然可见的。古人有云：「太上忘情，其下不及情，情之所钟，正在我辈」。苏轼固未能全然忘情，更绝非不及情者，然其高旷之资禀，则又使其不欲为情之所拘限。他曾写有送陈令举的「七夕词」《鹊桥仙》一首，云：「缑山仙子，高情云渺，不学痴牛騃女。凤箫声断月明中，举手谢时人欲去。 客槎曾犯，银河波浪，尚带天风海雨。相逢一醉是前缘，风雨散飘然何处」。陆游《跋苏轼此词》（见《渭南文集》卷廿八）曾云：「昔人作七夕诗，率不免有珠栊绮疏惜别之意。惟东坡此篇，居然是星汉上语，歌之，曲终，觉天风海雨逼人」。盖苏轼

还写了“学道忘忧，一念还成不自由”的话，则其不欲为此多情之一念所拘缚，而欲获致心灵上超解之自由的意愿，也还是隐然可见的。古人有云：“太上忘情，其下不及情，情之所钟，正在我辈。”[1]苏轼固未能全然忘情，更绝非不及情者，然其高旷之资禀，则又使其不欲为情之所拘限。他曾写有送陈令举的“七夕词”《鹊桥仙》一首，云：“缑山仙子[2]，高情云渺，不学痴牛騃女[3]。凤箫声断月明中，举手谢时人欲去。　　客槎曾犯，银河波浪，尚带天风海雨。相逢一醉是前缘，风雨散飘然何处。”陆游跋苏轼此词（见《渭南文集》卷廿八）曾云：“昔人作七夕诗，率不免有珠栊绮疏惜别之意。惟东坡此篇，居然是星汉上语。歌之，曲终，觉天风海雨逼人。”盖苏轼天资既高，襟怀

[1]《世说新语·伤逝》：王戎丧儿万子，山简往省之，王悲不自胜。简曰：“孩抱中物，何至于此！”王曰：“圣人忘情，最下不及情；情之所钟，正在我辈。”简服其言，更为之恸。

[2]刘向《列仙传》：王子乔，周灵王太子晋也。好吹笙，作凤鸣。游伊洛间，道士浮丘公接以上嵩高山。三十余年后，求之于山上，告桓良曰：“告我家，七月七日待我于缑氏山巅。”至时，果乘白鹤驻山头，望之不得到，举手谢时人，数日而去。

[3]痴牛騃女，即牵牛星和织女星。

天姿既高，襟怀又旷，故其用情之態度乃能瀟灑飄逸，如天風海雨，像他在《八聲甘州》一詞中所寫的「有情風萬里捲潮來，無情送潮歸」、飄然而來，倏然而逝。劉熙載《藝概、詞概》曾云：「東坡詞在當时鮮与同調，不独秦七黃九別成兩派也。晁无咎坦易之怀，磊落之氣，差堪驂靳，然懸崖撒手處，无咎莫能追躡矣」。其所謂「懸崖撒手」者，就正指的是蘇軾之用情，有一種倏然超解的意境，固不如以世俗之見對之作有情無情之爭論也。以上是我們就蘇詞之超旷是否便是「不及情」一点，所做的討論。

其次我們再談蘇詞在超旷之特色中，是否也有「寄慨無端」之處，及「幽咽怨斷之音」的問題。本來清代之陳廷焯在其《白雨齋詞話》（卷一）中，即曾謂詞至東坡「寄慨無端，

又旷，故其用情之态度乃能潇洒飘逸，如天风海雨，像他在《八声甘州》一词中所写的："有情风万里卷潮来，无情送潮归。"飘然而来，倏然而逝。刘熙载《艺概·词概》曾云："东坡词在当时鲜与同调，不独秦七黄九别成两派也。晁无咎坦易之怀，磊落之气，差堪骖靳，然悬崖撒手处，无咎莫能追蹑矣。"其所谓"悬崖撒手"者，就正指的是苏轼之用情，有一种倏然超解的意境，固不必以世俗之见对之作有情无情之争论也。以上是我们就苏词之超旷是否便尔"不及情"一点，所做的讨论。

其次我们再谈苏词在超旷之特色中，是否也有"寄慨无端"之处及"幽咽怨断之音"的问题。本来清代之陈廷焯在其《白雨斋词话》[1]（卷一）中，即曾谓词至东坡"寄慨无端，别有天地"。近人夏敬观[2]则曾将苏轼词分为二

[1] 陈廷焯，字亦峰，江苏丹徒人，光绪十四年（1888）举人。著有《白雨斋词话》《白雨斋词存》《白雨斋诗抄》等。

《白雨斋词话》高度评价苏词，认为"东坡词寓意高远，运笔空灵，措语忠厚，其独至处，美成、白石亦不能到"。

[2] 夏敬观，字剑丞，晚号吷庵，江西新建人，近代江西派词人、画家。光绪二十年（1894）举人，1953年卒。著有《忍古楼诗集》《吷庵词》以及论词专著《忍古楼词话》《词调溯源》等。

别有天地」。近人夏敬观则曾将苏轼词分为二类，云：「东坡词如春花散空，不著迹象，使柳枝歌之，正如天风海涛之曲，中多幽咽怨断之音，此其上乘也。若夫激昂排宕，不可一世之概，陈无己所谓『如教坊雷大使之舞，虽极天下之工，要非本色』，乃其第二乘也」。（见《唐宋名家词选》引吷庵手批东坡词）。（吷庵所引陈无己云云，则见于陈师道之《后山诗话》）本来，如我们在前文所言，苏词之以超旷为其特质，原为一般读者之所共见。只是一则有人既对此超旷之特质各有不同之体会，再则也有人对于词中是否可以表现超旷之风格各有不同之意见。要想说明此种复杂之情况，首先我们就不得不对苏词本身超旷风格之复杂性略加探讨。原来伴随着苏词之超旷特质而同时出现的，也还有一些粗犷率易的弊病。即以其早期之

类，云："东坡词如春花散空，不着迹象，使柳枝歌之，正如天风海涛之曲，中多幽咽怨断之音，此其上乘也。若夫激昂排宕、不可一世之概，陈无己所谓：'如教坊雷大使之舞，虽极天下之工，要非本色。'乃其第二乘也。"(见《唐宋名家词选》引《吷庵手批东坡词》，至其所引陈无己云云，则见于陈师道之《后山诗话》[1]。)本来，如我们在前文所言，苏词之超旷为其特质，原为一般读者之所共见。只是一则既有人对此超旷之特质各有不同之体会，再则也有人对于词中是否可以表现超旷之风格各有不同之意见。要想说明此种复杂之情况，首先我们就不得不对苏词本身超旷风格之复杂性略加探讨。原来伴随着苏词之超旷的特质而同时出现的，也还有一些粗犷率易的弊病。即以其早期之作品言之，如其任杭州通判时所写的"风水洞作"一首小令《临

[1] 陈师道，字履常，一字无己，彭城（今江苏徐州）人。少而好学苦志，元祐初，为苏轼等举荐，历官徐州教授、太学博士等。建中靖国元年（1102）卒，年四十九。著有《后山集》等。生平详见《宋史·陈师道传》。

《后山诗话》，一卷，论诗七十余条，论诗主张"以故为新，以俗为雅"。

作品言之，如其任杭州通判时所写的「风水洞作」一首如〈临江仙〉之词，其开端之「四大从来都遍满，此间风水何疑」两句，就已不免（用佛教之以「地水火风」为「四大」之说，来写风水洞，全無[illegible]之感[illegible]）有粗率之病。再如其自杭赴密途中所写的第一首长调〈沁园春〉词，其下半阕之「当时共客长安，似二陆初来俱少年。有笔头千字，胸中万卷，致君尧舜，此事何难。用舍由时，行藏在我，袖手何妨闲处看。身长健，但优游卒岁，且斗尊前」诸句，便亦不免于有粗率之病。此盖由于苏轼之才气过人，故其文下笔之际，乃有时不免有率易之处。昔周济介存斋论词杂著」即曾云：「东坡每事俱不十分用力，古文书画皆尔，词亦尔」。又云：「人赏东坡粗豪，吾赏东坡韶秀」，韶秀是东坡佳处，粗豪则病也」。而世人之读东坡词者，乃竟有人专赏其放旷

江仙》词，其开端之“四大从来都遍满，此间风水何疑”两句，用佛教之以“地、水、火、风”为“四大”之说，来写风水洞，全无真正之感发及情意，就已不免有粗率之病。再如其自杭赴密途中所写的第一首长调《沁园春》词，其下半阕之“当时共客长安，似二陆初来俱少年。有笔头千字，胸中万卷，致君尧舜，此事何难。用舍由时，行藏在我，袖手何妨闲处看。身长健，但优游卒岁，且斗尊前”诸句，便亦不免于有粗率之病。此盖由于苏轼之才气过人，故为文下笔之际，乃有时不免有率易之处。昔周济《介存斋论词杂著》即曾云：“东坡每事俱不十分用力，古文、书、画皆尔，词亦尔。”又云：“人赏东坡粗豪，吾赏东坡韶秀，韶秀是东坡佳处，粗豪则病也。”而世人之读东坡词者，乃竟有人专赏其放旷而近于粗豪浅率之作，如此者自

而近於粗豪淺率之作，如此者自非蘇詞之真正美者。而又有些讀者，則胸中先有一成見，以為詞之傳統必須以柔婉約為主。因此乃對蘇詞抱有一種成見，以為此非詞之本色。陳師道《後山詩話》即曾云："退之以文為詩，子瞻以詩為詞，如教坊雷大使之舞，雖極天下之工，要非本色。"據蔡絛《鐵圍山叢談》（卷六）載云："太上皇在位，時屬升平，手藝人之有稱者"，以下乃列舉棋、琴、琵琶諸藝人，然后曰："舞有雷中慶，世皆呼之為雷大使"。是則雷大使本為當时著名之舞人，舞藝極天下之工。而陳師道（後山）以為"非本色"者，其意蓋以為舞者當為妙齡之女子，今以男子而舞，則雖舞藝極工，要非本色矣。如此之論，乃是想要把詞一直保留在晚唐五代以來之柔婉的傳統之中，以為超时之風

非苏词之真正赏音。而又有些读者，则胸中先有一成见，以为词之传统必须以柔媚婉约为主，因此乃对苏词抱有一种成见，以为此非词之本色。陈师道《后山诗话》即曾云："退之以文为诗，子瞻以诗为词，如教坊雷大使之舞，虽极天下之工，要非本色。"据蔡绦《铁围山丛谈》[1]（卷六）载云"太上皇在位，时属升平，手艺人之有称者"，以下乃列举棋、琴、琵琶诸艺人，然后曰："舞有雷中庆，世皆呼之为雷大使。"是则雷大使本为当时著名之舞人，舞艺极天下之工。而陈师道（后山）以为"非本色"者，其意盖以为舞者皆当为妙龄之女子，今以男子而舞，则虽舞艺极工，亦非本色矣。如此之论，乃是想要把词一直保留在晚唐五代以来之柔媚的传统之中，以为超旷之风格，非词中所宜有。若此之说，盖昧于任何一种文体，在历史的

[1] 蔡绦，字约之，别号无为子，号百衲居士，仙游（今属福建莆田）人。蔡京四子。徽宗宣和六年（1124），蔡京再起领三省，年老不能事事，奏判皆绦为之。七年，赐进士出身，未几勒停。钦宗靖康元年（1126），流邵州，徙白州。高宗绍兴末尚存世。著有《西清诗话》《铁围山丛谈》等。事见《宋史·蔡京传》。

《铁围山丛谈》，蔡绦流放白州时所作笔记，六卷，记载了从宋太祖建隆年间至宋高宗绍兴年间约二百年的朝廷掌故、历史事件、人物逸事、诗词典故、金石碑刻等诸多内容。

格，非詞中所宜有。若此之類，蓋昧於任何一种文体，在历史的演進中，都必有其更新拓展之自然趨勢，故其所見乃不免有偏狹之处。至於夏敬觀以陳后山所譏之為「雷大使之舞」者為蘇詞之第二乘，而以其「如天風海濤之曲，中多幽咽怨斷之音」者為第一乘，則是又將蘇詞的超曠之特質分為二類，一類為全然放曠，「激昂排宕」之近於粗豪者，為第二乘，另一類則是雖然如「天風海濤之曲」具有超曠之特質，卻並不流於粗豪，而「中多幽咽怨斷之音」者，為蘇詞之上乘。私意以為夏氏之言實甚為有見。蓋蘇詞於超曠之中乃偶或雜有幽咽怨斷之音的流露，也就是陳廷焯所說的「寄慨無端，別有天地」之处。而蘇軾卻又能將其幽怨之悲慨，寫得如「春花散空，不著跡象」，所以乃

演进中，都必有其更新拓展之自然趋势，故其所见乃不免有褊狭之处。至于夏敬观以陈后山所拟之为“雷大使之舞”者为苏词之第二乘，而以其“如天风海涛之曲，中多幽咽怨断之音”为第一乘，则是又将苏词的超旷之特质分为二类，一类为全然放旷，“激昂排宕”之近于粗豪者，为第二乘，另一类则是虽然如“天风海涛之曲”，具有超旷之特质，却并不流于粗豪，而“中多幽咽怨断之音”者，为苏词之上乘。私意以为夏氏之言实甚为有见。盖苏词于超旷之中乃偶或确有幽咽怨断之音的流露，也就是陈廷焯所说的“寄慨无端，别有天地”之处。而苏轼却又能将其幽怨之悲慨，写得如“春花散空，不着迹象”，所以乃不易为一般人之所察觉耳。盖如前文所言，苏轼在天性中既

不易为一般人之所察觉耳。盖如前文所言，苏轼在天性中既原本有「欲以天下为己任」的「用世之志意」，也同时更有「不为外物得失荣辱所累」的「超旷之襟怀」。所以当他在仕途受到挫折时，虽也能以超旷之襟怀，做为自我解脱与安慰之方。然而究其本心，则对于用世之志意却也并不曾完全放弃。这只要我们一看苏轼平生之事迹，就可以得到充分的证明。苏轼一生屡经迁贬，但他无论流转何方，也无论在朝在野，他都未曾放弃其系心国事关怀民瘼的志意，而且无论对人对己，他也都一直做着一种「与人为善」的努力。他在知密州任内之祈雨救灾，在知徐州任内之治平水患，在知杭州任内之浚湖筑堤，在疫病流行时之广设病坊，甚至在晚年流放到惠州时还曾集资为二桥，以济病涉者。而即使当

原禀有“欲以天下为己任”的“用世之志意”，也同时禀有“不为外物得失荣辱所累”的“超旷之襟怀”。所以当他在仕途受到挫折时，虽也能以超旷之襟怀，作为自我解脱与安慰之方，然而究其本心，则对于用世之志意却也并不曾完全放弃。这只要我们一看苏轼平生之事迹，就可以得到充分的证明。苏轼一生屡经迁贬，但他无论流转何方，也无论在朝在野，他都未曾放弃其系心国事关怀民瘼的志意，而且无论对人对己，他也都一直做着一种“与人为善”的努力。他在知密州任内之祈雨救灾，在知徐州任内之治平水患，在知杭州任内之浚湖筑堤，在疾疫流行时之广设病坊，甚至在晚年流迁到惠州时还曾率众为二桥，以济病

年他经历了九死一生的乌台诗狱，贬到黄州，受人监管不得签书公事之时，他还曾研思著述，不仅写出了许多篇极好的诗、词、文、赋，还曾研读《易经》《论语》，写成了《易传》与《论语说》之著作。注 其后当元祐之际他再度入朝，也并未曾因为以前曾以直言系狱，便改变他一贯立言忠直的作风。他的"欲以天下为己任"的"用世之志意"，丝毫也未曾因为忧患挫折而有所改变。则苏轼之决未全然忘情于世，从可知也。至其立身之态度，则有他写给友人的两封书简，颇可以做为参考。一封是他在贬官黄州时，给李公择写的信，其中有云："吾侪虽老且穷，而道理贯心肝，忠义填骨髓，直须谈笑于死生之际，若见仆困穷，便相怜，则与不学道者大不相远矣"。又一封信，则是当他在元

涉者。而即使当年他经历了九死一生的乌台诗狱，贬到黄州，受人监管不得签书公事之时，他还曾研思著述，不仅为世人留下了许多篇极好的诗、词、文、赋，还曾研读《易经》《论语》，开始了《易传》与《论语说》之写作。①其后当元祐之际他再度入朝，也并未曾因为以前曾以直言系狱，便改变他一贯立言忠直的作风。他的“欲以天下为己任”的“用世之志意”，丝毫也未曾因为忧患挫折而有所改变。则苏轼之决未全然忘情于世，从可知也。至其立身之态度，则有他写给友人的两封书简，颇可以作为参考。一封是当他在贬官黄州时，给李公择[1]写的信，其中有云：“吾侪虽老且穷，而道理贯心肝，忠义填骨髓，直须谈笑死生之际，若见仆困穷，便尔相怜，则与不学道者大不相远矣。”[2]又一封信，则是当他在元祐年间，与朝中旧党

[1]李常，字公择，南康建昌（今江西九江）人，皇祐元年（1049）进士，累拜御史中丞、龙图阁直学士。元祐五年（1090）卒，年六十四。有文集、奏议六十卷，《诗传》十卷，《元祐会计录》三十卷。生平详见《宋史·李常传》。

[2]《与李公择书》：“示及新诗，皆有远别惘然之意，虽兄之爱我厚，然仆本以铁心石肠待公，何乃尔耶？吾侪虽老且穷……则与不学道者大不相远矣。兄造道深，中必不尔，出于相好之笃而已。然朋友之义，专务规谏，辄以狂言广兄之意尔。兄虽怀坎壈于时，遇事有可尊主泽民者，便忘躯为之，祸福得丧，付与造物。非兄，仆岂发此！看讫，便火之，不知者以为诟病也。”

祐年間，與朝中舊黨論政不合，想要請求外放時，寫給楊元素的信，其中有云：「昔之君子，惟荊是師（按，荊指王安石），今之君子，惟溫是隨（按，溫指司馬光），所隨不同，其隨一也。老弟與溫相知至深，始終無間，然多不隨耳。致此煩言，蓋始於此。然進退得喪，齊之久矣，皆不足道」。（《全集》之卷六十《書簡》）我以爲從這兩封信，我們很可以看到，蘇軾在立身之道上，既有其堅毅之持守，而在處得失之際時，又有其超然之襟懷。此二封書簡可謂同時流露了他所稟賦的雙重特質，也表現出這二種特質對於他而言，乃是既相反又相成，可以互相融匯而爲用的。他的詞既大多寫於官途失意流轉外地之時，所以表面看來乃大多以超然之風格爲其主調，然而究其實蘇軾卻決非完全忘懷世事無所關心的人，他與某些不分黑白是非，只求獨善其身，更自命爲高士的人物是完

论政不合，想要请求外放时，写给杨元素[1]的信，其中有云："昔之君子，惟荆是师（按：荆指王安石）；今之君子，惟温是随（按：温指司马光）。所随不同，其为随一也。老弟与温相知至深，始终无间，然多不随耳。致此烦言，盖始于此。然进退得丧，齐之久矣，皆不足道。"[2]（《续集》卷六《书简》）我以为从这两封信，我们很可以看到，苏轼在立身之道上，既有其坚毅之持守，而在处得失之际时，又有其超旷之襟怀。此二封书简可谓同时流露了他所禀赋的双重特质，也表现出这二种特质对于他而言，乃是既相反又相成，可以互相融汇而为用的。他的词既大多写于宦途失意流转外地之时，所以表面看来乃大多以超旷之风格为其主调，然而究其实，苏轼却决非完全忘怀世事无所关心的人，他与某些不分黑白是非，只求独善其身，更

[1] 杨绘，字元素，号先白，四川绵竹人。嘉祐元年（1056）登进士第，历官荆南府通判、开封府推官等，后拜翰林学士、御史中丞。政和六年（1116）卒，年八十五（一说元祐初卒，年六十二）。

[2]《与杨元素书》："某近数章请郡，未允。数日来，杜门待命，期于必得耳。公必闻其略，盖为台谏所不容也。昔之君子，惟荆是师……然进退得丧，齐之久矣，皆不足道。老兄相知之深，恐愿闻之，不须为人言也。令子必得信，计安。"

全不同的。所以在苏轼词中，虽以超旷为其主调，然而其中却时而也隐现一种失志流转之悲。即以其最著名的词作为例，如其「中秋夜怀子由」的那首《水调歌头》，开端之「明月几时有，把酒问青天。不知天上宫阙，今夕是何年。我欲乘风归去，又恐琼楼玉宇，高处不胜寒。起舞弄清影，何似在人间。」郑文焯曾称此词谓其「发端从太白仙心脱化，顿成奇逸之笔」，其飘逸高旷之致，诚不可及。然而其中却实在也隐然表现了他自己内心深处的一种入世与出世之间的矛盾的悲慨。而这种悲慨，却又写得如「春花散空，不著迹象」。相传神宗读此词至「琼楼玉宇」数句，曾以为「苏轼终是爱君」，谈词者固无妨有此一想，然若指实其为有不忘朝廷的忠爱之意，则反而不免有沾滞之

20×15=300　四川大学历史研究所稿纸　第 页

且自命为高士的人物是完全不同的。所以在苏轼词中，虽以超旷为其主调，然而其中却时而也隐现一种失志流转之悲。即以其最著名的词作为例，如其“中秋夜怀子由”的那首《水调歌头》，开端之“明月几时有，把酒问青天。不知天上宫阙，今夕是何年。我欲乘风归去，又恐琼楼玉宇，高处不胜寒。起舞弄清影，何似在人间”，郑文焯[1]曾称此词，谓其“发端从太白仙心脱化，顿成奇逸之笔”[2]，其飘逸高旷之致，诚不可及。然而其中却实在也隐然表现了他自己内心深处的一种入世与出世之间的矛盾的悲慨。而这种悲慨，却又写得如“春花散空，不着迹象”。相传神宗读此词，至“琼楼玉宇”数句，曾以为“苏轼终是爱君”[3]。读词者固无妨有此一想，然若指实其为有不忘朝廷的忠爱之意，则反似不免有沾滞之嫌矣。再如其“赤壁怀古”之

[1] 郑文焯，奉天铁岭（今属辽宁）人，字俊臣，号小坡，光绪元年（1875）中举，晚清词人。民国七年（1918）卒，年六十二。文焯于诗词、书法、篆刻、文献、医学均有涉猎，而尤以词为佳。著有《大鹤山人诗集》，词集《瘦碧词》《冷红词》，词论《词源斠律》等。

[2] 指化用李白《把酒问月·故人贾淳令予问之》诗之“青天有月几时来，我今停杯一问之”。

[3]《坡仙集外纪》：神宗读至“琼楼玉宇，高处不胜寒”乃叹曰：“苏轼终是爱君。”即量移汝州。

矣。再如其「赤壁怀古」之一首念奴嬌之詞，其開端數句之「大江東去，浪淘盡千古風~~流人物」。從滔滔滾滾的大江，寫到千古的英雄~~成敗，其開端數句「大江東去，浪淘盡千古風流人物」，其氣象固然寫得極為高遠，結尾的「人間如夢，一尊還酹江月」兩句，語氣也表現得甚為曠達。但事實上則在「公瑾當年」之「談笑間，強虜灰飛煙滅」，與自己今日之遷貶黃州志意未酬而「早生華髮」的對比中，也蘊含着很多的悲慨。而世人乃有因見其「人間如夢」之外表字樣，便評識以為消極者。若此之類，蓋與但賞其粗豪之作，便以為積極者，同其膚淺矣。至于蘇軾謫黃州所寫的一些小令之作，如其「沙湖道中遇雨」的一首定風波詞，他所表現的在「穿林打葉」之風雨聲中的「

一首《念奴娇》词，其开端数句“大江东去，浪淘尽千古风流人物”，其气象固然写得极为高远，结尾的“人间如梦，一尊还酹江月”两句，语气也表现得甚为旷达。但事实上则在“公瑾当年”之“谈笑间，强虏[1]灰飞烟灭”，与自己今日之迁贬黄州志意未酬而“早生华发”的对比中，也蕴含着很多的悲慨。而世人乃有因见其“人间如梦”之外表字样，便评讥之以为消极者。若此之类，盖与另一些但赏其粗豪之作，便以为积极者，同其肤浅矣。至于苏轼在黄州所写的一些小令之作，如其“沙湖道中遇雨”的一首《定风波》词，他所表现的在“穿林打叶”之风雨声中的“吟啸徐行”的自我持守的精神，以及“回首向来萧瑟

[1] 一说作“樯橹”。宋王楙《野客丛书》载：“淮东将领王智夫言，尝见东坡亲染所制《水调词》，其间谓‘羽扇纶巾谈笑处，樯橹灰飞烟灭’，知后人讹为‘强虏’。仆考《周瑜传》，黄盖烧曹公船时，风猛，悉延烧岸上营落，烟焰涨天，知樯橹为信然。”

吟啸徐行」的自我持守的精神，以及「回首向来萧瑟处，也无风雨也无晴」之超然旷达的观照，则更是将其立身之志意，与超旷之襟怀做了泯没无痕的最好的融汇和结合。但事实上则在其「穿林打叶」的风雨中，又岂没有他自己在人生之途上所遭受的挫折和打击的悲慨。再如后来在元祐年间，他既曾因与朝中旧党论事不合，请求外放出知杭州，两年后又被召还朝，曾写有「寄参寥子」一首八声甘州之词，全词是：「有情风万里卷潮来，无情送潮归。问钱塘江上，西兴浦口，几度斜晖。不用思量今古，俯仰昔人非。谁似东坡老，白首忘机。 记取西湖西畔，正春山好处，空翠烟霏。算诗人相得，如我与君稀。约他年东还海道，愿谢公雅志莫相违。西州路，不应回首，为我沾衣」。这

处，归去，也无风雨也无晴”之超然旷达的观照，则更是将其立身之志意，与超旷之襟怀做了泯没无痕的最好的融汇和结合。但事实上则在其“穿林打叶”的叙写中，又岂没有他对自己在人生之途上所遭受的挫折和打击的悲慨。再如后来在元祐年间，他既曾因与朝中旧党论事不合，请求外放，出知杭州，两年后又被召还朝，曾写有“寄参寥子”一首《八声甘州》词，全词是：“有情风万里卷潮来，无情送潮归。问钱塘江上，西兴浦口，几度斜晖。不用思量今古，俯仰昔人非。谁似东坡老，白首忘机。　记取西湖西畔，正春山好处，空翠烟霏。算诗人相得，如我与君稀。约他年东还海道，愿谢公雅志莫相违。西州路，不应回首，为我沾衣。”这首词，我以为实在是苏词中最能

首詞，我以為實在是蘇詞中最能代表其「天風海濤之曲，中有幽咽怨斷之音」的一篇作品。此詞開端二句寫蓬萊風濤，氣象開闊，筆力矯健，外表看來似乎極為超曠，然而在其「有情」「無情」與夫「潮來」「潮歸」之間，却實在也隱含有無窮感慨蒼涼之意。其下繼以「問錢塘江上」至「俯仰昔人非」一段，寫今古推移之中，人間的盛衰無常，便正是對前二句所透露的感慨蒼涼之情意的補述和完成。而却於此種悲慨之後，突然轉入「誰似東坡老，白首忘机」二句，乃脫身一躍而起，若此等处，真所謂「懸崖撒手」「他人莫能追躡」者矣。及至下半闋，則自「記取西湖西畔」以下五句，攄筆寫記憶中難忘之西湖美景，意致清朗舒徐，正可見周濟所稱述的蘇詞的「韶秀」之美。而

[1]语出王羲之《兰亭集序》："向之所欣，俯仰之间，已为陈迹。"

代表其"天风海涛之曲，中多幽咽怨断之音"的一篇作品。此词开端二句写万里风涛，气象开阔，笔力矫健，外表看来似乎极为超举，然而在其"有情""无情"与夫"潮来""潮归"之间，却实在也隐含有无穷感慨苍凉之意。其下继以"问钱塘江上"至"俯仰昔人非[1]"一段，写今古推移之中，人间的盛衰无常，便正是对前二句所透露的感慨苍凉之情意的补述和完成。而却于此种悲慨之后，突然转入"谁似东坡老，白首忘机"二句，乃脱身一跃而起，若此等处，真所谓"悬崖撒手"，他人"莫能追蹑"者矣。及至下半阕，则自"记取西湖西畔"以下三句，换笔写记忆中难忘之西湖美景，意致清丽舒徐，正可见周济所称述的苏词的"韶秀"之美。而后接以"算诗人相得，如我与君稀"二句，

後接以「舊時人相得，如我與君稀」二句，寫蘇軾自己與秦觀二人自己之友誼，在前面的「春山好处，空翠烟霏」之美景的襯托之下，這一份「詩人相得」之情，真是千古所稀，今日讀之，就使人悵惘不已。而其下「約他年東還海道，願謝公雅志莫相違」二句，則蘇軾之筆鋒又再度轉折，用東晉謝安之雖受朝寄而不忘東山歸隱之志的故事以自喻。這正是中國古代士大夫之將入仕的用世之志意，與歸隱的超然之襟懷相結合的，一個很好的典型。而且也正因為有此超然之襟懷，入仕時方能不為利祿所陷累，而保持住清正之持守。至於就謝安而言，則他入仕以後既曾以其從容瀟灑的支敵之功，官至太保，他而卻也曾因功高見忌而出鎮新城。乃造泛海之裝，首途欲循江路歸隱東山。而未

写苏轼自己与参寥子二人间之交谊，在前面的“春山好处，空翠烟霏”之美景的衬托之下，这一份“诗人相得”之情，真是千古所稀，今日读之，犹使人艳羡不已。而其下“约他年东还海道，愿谢公雅志莫相违”二句，则苏轼之笔锋又再度转折，用东晋谢安之虽受朝寄而不忘东山归隐之志的故事以自喻[1]。这正是中国古代士大夫之将入仕的用世之志意，与归隐的超旷之襟怀相结合的一个很好的典型。而且也正因为有此超旷之襟怀，入仕时方能不为利禄所陷累，而保持住清正之持守。至于就谢安而言，则他入仕以后既曾以其侄玄等淝水克敌之功，官至太保，然而却也曾因功高见忌而出镇新城，乃造泛海之装以自陈，欲循江路归隐东山，而未几乃遇疾不起，东归之志，始终未就。苏

[1]《晋书·谢安传》：安虽受朝寄，然东山之志始末不渝，每形于言色。及镇新城，尽室而行，造泛海之装，欲须经略粗定，自江道还东。雅志未就，遂遇疾笃。

艘乃遇疾不起，东归之志，始终未就。苏轼用此谢安之故事以自喻，"东还海道"之既有指望及杭州子弟再聚之盼望，同时也表现了他自己此度再次蒙召入朝，也不如当日谢安之既有用世之心也怀出世之志，而未知他日此次重归望与去志之能否成就，言外自有志意终违之感慨。结尾三句"西州路，不应回首，为我沾衣"，则仍用谢安之故事。盖谢安在新城遇疾之后，还都城建康之时，乃舆病入西州门（故址在今南京市西）。安卒后，其甥羊昙行不由西州路。一日醉中不觉过州门，乃悲感不已，痛哭而去。东坡用此故事，虽改为宽慰之辞，曰"不应回首，为我沾衣"。然究其实，则岂不因苏轼心中亦有此死生离别之悲感之故欤。综观此词，则一起之开端健笔，确如天风海涛之曲，而轼用此谢安之故事以自喻，“东还海道”既有暗指重返杭州与参寥子再聚之愿望，同时也表现了他自己此度再次蒙召入朝，也正如当日谢安之既有用世之心也怀出世之志，而未知他日此双重愿望与志意之能否成就，言外自有无穷恐惧志意终违之悲慨。结尾三句“西州路，不应回首，为我沾衣”，则仍用谢安之故事。盖谢安在新城遇疾之后，至返都城建康之时，乃舆病入西州门（故址在今南京市西）。安卒后，其甥羊昙行不由西州路。一日醉中不觉过州门，乃悲感不已，痛哭而去。[1]东坡用此故事，虽改为宽慰之辞，曰“不应回首，为我沾衣”，然究其实，则岂不因苏轼心中正有此死生离别之悲感之故欤？综观此词，则一起之开阔健笔，确如天风海涛之曲，而前片结尾之“白首忘机”

[1]《晋书·谢安传》：羊昙者，太山人，知名士也，为安所爱重。安薨后，辍乐弥年，行不由西州路。尝因石头大醉，扶路唱乐，不觉至州门。左右白曰：“此西州门。”昙悲感不已，以马策扣扉，诵曹子建诗曰：“生存华屋处，零落归山丘。”恸哭而去。

前片结尾之「白首忘机」与大有超旷之怀，然而中间几度转折，既有今古盛衰之慨，又有死生离别之悲，更兼有迁逐入朝从政之忧患，知交乐事之难再。百感交集，并入笔端。夏敬观谓其「中有幽咽怨断之音」，良非虚语也。

总之，苏轼之词，虽以超旷为其主调，然其超旷之内含却并不单纯。其写儿女之情者，是用情而不欲为情所累，故当观其入而能出之处；其写旷逸之怀者，则又未全忘情于用世之念，故又当观其出中有入之处；至其偶有失之粗豪浅率者，则是高才未免于率易之病，固当分别观之也。

一九八四年六月十二日写毕此节

于四川成都

亦大有超旷之怀，然而中间几度转折，既有今古盛衰之慨，又有死生离别之悲，更虑及于入朝从政之忧危，知交乐事之难再，百感交集，并入笔端。夏敬观谓其“中多幽咽怨断之音”，良非虚语也。

总之，苏轼之词，虽以超旷为其主调，然其超旷之内含却并不单纯，其写儿女之情者，是用情而不欲为情所累，故当观其入而能出之处；其写旷逸之怀者，则又未全然忘情于用世之念，故又当观其出中有入之处；至其偶有失之粗豪浅率者，则是高才未免于率易之病，固当分别观之也。

一九八四年六月十二日写毕此节于四川成都

注釋

1.蘇軾在黃州時上文潞公書云：「到黃州，無所用心，輒復覃思於《易》、《論語》》……作《易傳》九卷，又自以己意作《論語說》五卷。」（見《經進東坡文集事略》卷四十四）

注释：

①苏轼在黄州写《上文潞公书》云："到黄州无所用心，辄复覃思于《易》《论语》……作《易传》九卷，又自以意作《论语说》五卷。"（见《经进东坡文集事略》卷四十四）

論蘇軾詞之三

将青楼艳俗偏好，曲港圆荷俨亦工，莫道先生疏格律，行云流水见高风。

论苏轼词绝句之三

在前二首绝句的讨论中，我们既曾提出了苏轼天性中原赋有用世之志意与超旷之襟怀两种特质，以及此二种特质在其词之写作中，所形成的「如天风海涛之曲，中多幽咽怨断之音」的特殊而可贵的风格。这种风格可以说是苏轼词中最高的成就，和最重要的主调，也是他天性中之本质在词中的自然流露。而另外我们在第一首绝句的讨论中，则还曾提到过苏轼对词之写作，原是带着一种有意想要开拓创新之觉醒的，苏轼在词之发展方面的成就，就正是他的足以开拓的天性之资质，又与他的有意为之开拓的理念互相结合，所获致的一种成果。当时北宋词坛的一般作者，却并没有能够完全接受

第 1 页 三

20×15＝300

四川大学历史研究所稿纸

挦青捣麨俗偏好，曲港圆荷俪亦工。
莫道先生疏格律，行云流水见高风。
论苏轼词绝句之三

在前二首绝句的讨论中，我们既曾提出了苏轼天性中原禀赋有用世之志意与超旷之襟怀两种特质，以及此二种特质在其词之写作中，所形成的“如天风海涛之曲，中多幽咽怨断之音”的特殊而可贵的风格。这种风格可以说是苏轼词中最高的成就和最重要的主调，也是他天性中之本质在词中的自然流露。而另外我们在第一首绝句的讨论中，则还曾提到过苏轼对词之写作，原是带着一种有意想要开拓创新之觉醒的。苏轼在词之发展方面的成就，就正是他的足以开拓的天性之资禀，与他的有意为之开拓的理念互相结合，所获致的一种成果。而当时北宋词坛的一般作者，却并没有能够完全接受和追随他的开拓。这一则是因为别

和追隨他的開拓。這一則是因為別人沒有像蘇軾一樣過人的資質，再則也因為別人並沒有像蘇軾一樣開拓之理念的緣故。所以陳師道之後山詩話乃謂「子瞻以詩為詞，」又曰「雖極天下之工，要非本色」。這也是當時一般人對蘇詞的看法。直到由北宋轉入南宋的傑出女詞人李清照也依然保持這種看法，所以李清照雖然在其詩作中也曾寫出過像「至今思項羽，不肯過江東」和「木蘭橫戈好女子，老矣不復志千里，但願相將度淮水」之類的豪壯的句子，但在她的詞中，卻決沒有此種風格的作品。這便可見其天性中縱然也未嘗沒有可以為詞做出開拓的本質，但在理念中卻缺乏此種開拓之覺醒，總以為詞應該「別是一家」，所以對於蘇詞才會有「皆句讀不葺之詩耳」的譏評。而蘇軾之於詞，卻是既

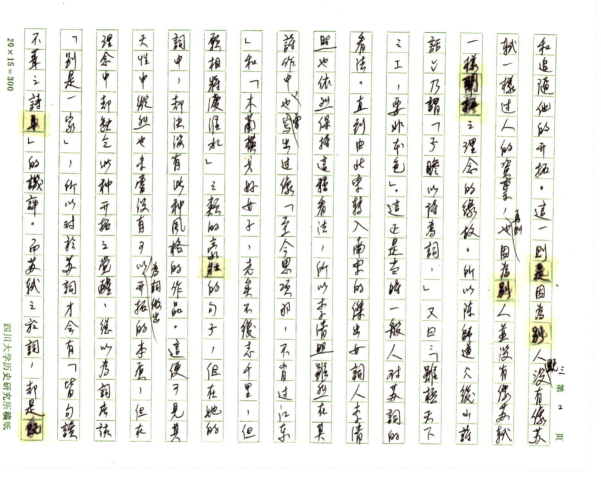

人既没有像苏轼一样过人的资禀，再则也因为别人并没有像苏轼一样开拓之理念。所以陈师道《后山诗话》乃谓“子瞻以诗为词”，又曰“虽极天下之工，要非本色”。这正是当时一般人对苏词的看法。直到由北宋转入南宋的杰出女词人李清照也依然保持这种看法，所以李清照虽然在其诗作中，也曾写出过像“至今思项羽，不肯过江东”和“木兰横戈好女子，老矣不复志千里，但愿相将渡淮水”之类的豪壮的句子，但在她的词中，却决没有此种风格的作品。这便可见其天性中纵然也未尝没有可以为词做出开拓的本质，但在理念中却缺乏此种开拓之觉醒，总以为词应该“别是一家”，所以对于苏词才会有“皆句读不葺之诗耳”[1]的讥评。而苏轼之于词，却是既具有可以为之开拓的资质，

[1] 宋胡仔《苕溪渔隐丛话》引李清照《词论》云：“逮至本朝，礼乐文武大备。又涵养百余年，始有柳屯田永者，变旧声作新声，出《乐章集》。大得声称于世，虽协音律，而词语尘下。又有张子野、宋子京兄弟，沈唐、元绛、晁次膺辈继出，虽时时有妙语，而破碎何足名家。至晏元献、欧阳永叔、苏子瞻，学际天人，作为小歌词，直如酌蠡水于大海，然皆句读不葺之诗耳，又往往不协音律，何耶？……乃知别是一家，知之者少。”

是有可以為之开拓的資質，也具有意欲為之开拓的理念的一位作者，既然具有此一理念，所以在其詞中「除了由其本质所形成的抒情之主調以外」，他便也还曾做过各种不同風格的多方面的嘗試。简单举些例証来看：即如世所流傳的他的「密州出猎」一首〈江城子〉（老夫聊发少年狂）詞中所寫的「會挽雕弓如满月，西北望，射天狼」和他的另一首〈南鄉子〉（旌旆满江湖）詞中所寫的「認取樓船帶舳艫」及「帕首腰刀是丈夫」，其豪放之致，在詞中便是一種明顯的开拓；此外如其為「李公擇生子」而寫的〈減字木蘭花〉（維熊佳夢）一首詞，其中的「多謝無功」「此事如何著得儂」。和他的另一首為「紀營妓神」而寫的〈少年遊〉（玉肌鉛粉傲秋霜）詞，其中的「雖然措著，無緣似張君」諸作，則都是

20×15=300　四川大学历史研究所稿纸

也具有意欲为之开拓的理念的一位作者，既然具有此一理念，所以在苏词中，除了由其本质所形成的超旷之主调以外，他便也还曾做过各种不同风格的多方面的尝试。简单举些例证来看：即如世所流传的他的“密州出猎”一首《江城子》（老夫聊发少年狂）词中所写的“会挽雕弓如满月，西北望，射天狼”，和他的另一首《南乡子》（旌旆满江湖）词中所写的“诏发楼船万舳舻”及“帕首腰刀是丈夫”，其豪放之致，在词中便是一种明显的开拓；此外如其为“李公择生子”而写的《减字木兰花》（维熊佳梦）一首词，其中的“多谢无功，此事如何着得侬”，和他的另一首为“迎紫姑神[1]”而写的《少年游》（玉肌铅粉傲秋霜）词，其中的“谁能借箸，无复似张良”[2]诸作，则都是以游戏

[1]民间传说之司厕之神，人谓其能先知，多迎祀于家，占卜诸事。

[2]此处用了张良借箸的典故。《汉书·张良传》：郦生未行，良从外来谒汉王。汉王方食，曰：“客有为我计桡楚权者。”具以郦生计告良曰：“于子房何如？”良曰：“谁为陛下画此计者？陛下事去矣。”汉王曰：“何哉？”良曰：“臣请借前箸以筹之。……诚用此谋，陛下事去矣。”汉王辍食吐哺，骂曰：“竖儒，几败乃公事！”令趣销印。

以遊戲筆墨寫的嬉笑謔浪之辭；再如其「贈潤守許仲塗」的第一首《減字木蘭花》（「鄭莊好客」），則更以妓女之名字嵌入詞中，全詞八句，分別以「鄭容落籍，高瑩從良」八字為句首。則是以詞為文字遊戲矣；更如其「送東武令趙昶失官歸海州」的又一首《減字木蘭花》詞，其開端之「賢哉令尹，三仕已之無喜慍」。則又將經書之論語之句融入小詞之中；又如其「在泗州雍熙塔下所作的兩首《如夢令》（「水垢何曾相受」及「自淨方能淨彼」），則是以小詞寫名理禪機；至於其「徐門石潭謝雨道上作」五首《浣溪沙》詞，其「麻葉層層檾葉光」及「捋青搗麨軟飢腸」等句，則又以鄉俚之語寫田野農家風物，表現得極為樸質自然；而其「燕子樓空」之一首《永遇樂》（「明月如霜

笔墨写的嬉笑谑浪之辞；再如其“赠润守许仲涂[1]”的另一首《减字木兰花》（郑庄好客）[2]，则更以妓女之名字嵌入词中，令词八句，分别以“郑容落籍，高莹从良”八字为句首，则是以词为文字游戏矣；更如其“送东武令赵昶失官归海州”的又一首《减字木兰花》词，其开端之“贤哉令尹，三仕已之无喜愠”，则又将经书《论语》之句融入小词之中；又如其在泗州雍熙塔下所作的两首《如梦令》（“水垢何曾相受”及“自净方能净彼”），则是以小词写名理禅机；至于其“徐门石潭谢雨道上作”五首《浣溪沙》词，其“麻叶层层苘叶光”及“捋青捣麨软饥肠”等句，则又以乡俚之语写田野农家风物，表现得极为朴质自然；而其“燕子楼作”之一首《永遇乐》（明月如霜），则又

[1] 许遵，字仲涂，泗州人，第进士，又中明法，擢大理寺详断官、知长兴县。历知宿州、登州、寿州、润州等，累官中散大夫。卒，年八十一。生平详见《宋史·许遵传》。

[2] 减字木兰花

郑庄好客，容我尊前先堕帻。落笔生风，籍籍声名不负公。

高山白早，莹骨冰肤那解老。从此南徐，良夜清风月满湖。

三 第 5 页

」，則又以「明月如霜，好風如水」，「曲港跳魚、圓荷瀉露」，及「紞如三鼓，鏗然一葉」一系列躍綿之句，來寫靜夜之景色，又表現得極為工整清麗。他如其《卜算子》（缺月掛疏桐）一首寫「孤鴻」之幽意深遠；《水龍吟》（似花還似非花）一首，寫「楊花」柔致傳……則不僅……物賦形……且對南……詠物相……有相當……影响。總之，蘇軾對於小詞之寫作，是不僅有繼承之成就，也有廣泛之拓展的。以上，我們不過只是簡單舉引一些例證，便已經足可以見出其內容及風格之多采多姿之一斑了。蘇軾自己對於他在詞中的拓展，也頗為自負，而這種自負之意，又可以分為兩個不同的階段：第一個階段是當他由杭州通判移知密州及徐州之際，這時他對詞境的拓展，已有了初步的成就。這種自負之意曾表現於他給鮮于子駿的書簡中，所謂「亦自是一家」者是也；第二個階段則是經過了黃州的貶謫，他在元祐年間又再度入朝的時候。這時他已寫出了不少

20×15＝300

四川大学历史研究所稿纸

以“明月如霜，好风如水”“曲港跳鱼，圆荷泻露”，及“紞如三鼓，铿然一叶”一系列骈偶之句，来写静夜之景色，又表现得极为工整清丽。他如其《卜算子》（缺月挂疏桐）一首写“孤鸿”之幽意深远；《水龙吟》（似花还似非花）一首写“杨花”之柔致缠绵，则不仅有随物赋形之妙，且对南宋之咏物词也具有相当之影响。总之，苏轼对于小词之写作，是不仅有杰出之成就，也有广泛之拓展的。以上，我们不过只是简单举引一些例证，便已经足可以见出其内容及风格之多彩多姿之一斑了。苏轼自己对于他在词中的拓展，也颇为自负，而这种自负之意，又可以分为两个不同的阶段：第一个阶段是当他由杭州通判移知密州及徐州之际，这时他对词境的拓展，已有了初步的成就，这种自负之意曾表现于他给鲜于子骏的书简中，所谓“亦自是一家”者是也；第二个阶段则是经过了黄州的贬谪，他在元祐年间又再度入朝的时候，这时他已曾写出了不少名篇杰

名篇傑作，完成了他自己所特具的超曠之風格的最高成就。宋人筆記所載，他在玉堂之日，曾向幕士自己作的詞比柳永何如。幕士回答說「柳郎中詞，只好十七八女子，執紅牙板，歌『楊柳岸曉風殘月』；學士詞，須關西大漢，執鐵板，唱『大江東去』」。蘇軾曾經「為之絕倒」（參看拙撰《論柳永詞》之三引俞文豹《吹劍續錄》）。其自負之意表露如在目前。至於我們對於蘇詞所做出的開拓，應該採取怎樣的態度，則我以為可以將之主要區分為後人可以學習及後人不可以學習的兩類來看待。先就後人不可以學的一類，那就是我們在前一首絕句之討論中所曾經提出的：蘇詞中之以超曠為主調，但在其「天風海濤之曲」中，卻又含有「幽咽怨斷之音」的作品。這一類詞，是蘇軾的用

作，完成了他自己所特具的超旷之风格的最高成就。宋人笔记所载，他在玉堂之日，曾问幕士自己作的词比柳永何如。当幕士回答说“柳郎中词，只好十七八女子，执红牙板，歌‘杨柳岸晓风残月’；学士词，须关西大汉，执铁板，唱‘大江东去’”时，苏轼曾经“为之绝倒”（参看拙撰《论柳永词之三》引俞文豹《吹剑续录》）[1]。其自负之意亦复如在目前。至于我们对于苏词所做出的开拓，应该采取怎样的态度，则我以为可以将之主要区分为后人可以学习及后人不可以学习的两类来看待。先谈后人不可以学的一类，那就是我们在前一首绝句之讨论中所曾经提出的，苏词中之以超旷为主调，但在其“天风海涛之曲”中，却又含有“幽咽怨断之音”的作品。这一类词，是苏轼的用世

[1] 见本书《论苏轼词之一》旁注。此处引文用字与叶先生《论柳永词》略有不同。

世之志意与其抱时之襟怀相融汇，所达成的最高境界。是後世既无其学问志意更无其性情襟抱的人，无论怎样也无法学习到的。这是在苏词之开拓中，所表现出的一部份最可宝贵的成就；再谈後人可以学习的一点，则我以为苏词对後世之影响，可以说是功过参半的。先就其有功的一方面而言，则苏词之「一洗绮罗香泽之态」，确实有使天下人「耳目一新」之功。这在与苏轼同时代的一些词人，虽然尚未能完全接受，而对以後南宋之词人，则形成了相当大的影响。即如胡寅为向子諲《酒边词》序，即曾言：「芗林居士步趋苏堂而哜其胾者」。黄昇《花庵词选》论陈与义之词，亦曾云「识者谓其可摩坡仙之垒也」。唐圭璋《宋词三百首笺注》於叶梦得词亦曾引关注之言，谓「其合处不

之志意与其超旷之襟怀相融汇，所达成的最高境界，是后世既无其学问志意更无其性情襟抱的人，无论怎样也无法学习到的。这是在苏词之开拓中，所表现出的一部分最可宝贵的成就。再谈后人可以学习的一类，则我以为苏词对后世之影响，可以说是功过参半的。先就其有功的一方面而言，则苏词之“一洗绮罗香泽之态”，确实有使天下人“耳目一新”之功。这在与苏轼同时代的一些词人，虽然尚未能完全接受，而对以后南宋之词人，则形成了相当大的影响。即如胡寅为向子諲[1]写《酒边词·序》，即曾言“芗林居士步趋苏堂而哜其胾者”。黄升《花庵词选》论陈与义之词，亦曾云“识者谓其可摩坡仙之垒也”[2]。唐圭璋《宋词三百首笺注》于叶梦得词亦曾引关注之言，谓“其合处不减东坡”。他如张元幹的豪壮之篇，朱敦儒的闲放之什，

[1] 向子諲，字伯恭，自号芗林居士，临江（今属江西）人。元符三年（1100）以荫补官，累官户部侍郎，知平江府。绍兴八年（1138）因反对秦桧议和而致仕归隐，号所居曰芗林。著有《酒边词》二卷。生平详见《宋史·向子諲传》。

[2] 黄升，晋江（今属福建）人，字叔旸，号玉林，又号花庵词客，南宋词人。生卒年不详。工诗词，著有《唐宋诸贤绝妙词选》《中兴以来绝妙词选》。

《花庵词选》由《唐宋诸贤绝妙词选》十卷和《中兴以来绝妙词选》十卷组成，前者收唐至北宋词，后者收南宋词。集后附编者自作词三十八首。此作全面展示了唐宋文人词发展的历程和风貌，具有“选词存史”的特色。

《花庵词选》：“陈去非，名与义，自号简斋居士，以诗文被简注于高宗皇帝，入参大政。有《无住词》一卷。词虽不多，语意超绝，识者谓其可摩坡仙之垒也。”

减東坡”。他如張元幹的豪壯之篇，朱敦儒的閒放之什，便也都留有受到蘇詞之影響的痕跡。至于張孝祥之為詞，則更是有意學蘇的。（見謝堯仁之《張于湖先生集序》，可以參看）。而其中最值得注意的一位重要的作者，自然便是被後人與蘇軾並稱的，南宋詞壇上最偉大的作者辛棄疾。本來我們在前一首絕句的討論中，也曾提出過辛棄疾與蘇軾相比較，不過在那一篇的討論中，我們的重點是在於要說明兩家的不同之處。雖其蘇辛有相似之處，所以才要分辨出其中相異之差別，這與我們論及蘇軾與柳永之關係時，曾提出二人在興象高遠之一點有可以相通之處，也是因為柳蘇二家之風格迥異，所以才要在其相異之中分辨出其可以相通之處的道理一樣，這正是有才識的大作家之善於汲取及變化的本領，也是論文學之演進者所不可不注意的一個觀察角度。如果說蘇詞得之於

便也都留有受到苏词之影响的痕迹。至于张孝祥之为词，则更是有意学苏的。（见谢尧仁之《张于湖先生集序》[1]，可以参看。）而其中最值得注意的一位重要的作者，自然便是被后人与苏轼并称的，南宋词坛上最伟大的作者辛弃疾。本来我们在前一首绝句的讨论中，也曾提出过辛弃疾来与苏轼相比较，不过在那一篇的讨论中，我们的重点是在于要说明两家的不同之处。唯其苏辛有相似之处，所以才要分辨出其中相异之差别，这与我们论及苏轼与柳永之关系时，曾提出二人在兴象高远之一点有可以相通之处，也是因为柳苏二家之风格迥异，所以才要在其相异之中分辨出其可以相通之处的道理一样，这正是有才识的大作家之善于汲取及变化的本领，也是论文学之演进者所不可不注意的一个观察角度。如果说苏词得之于柳的，是其兴象

[1]《张于湖先生集序》：先生气吞百代而中犹未慊，盖尚有凌轹坡仙之意。其帅长沙也，一日，有送至《水车诗》石本，挂在书室，特携尧仁就观。因问曰："此诗可及何人？不得佞我。"尧仁时窘于急卒，不容有不尽，因直告曰："此活脱是东坡诗，力亦真与相辄。但苏家父子更有《画佛入灭》《次韵水官》《赠眼医》《韩幹画马》等数篇，此诗相去却尚有一二分之劣尔。"先生大然尧仁之言。是时，先生诗文与东坡相先后者已十之六七，而乐府之作，虽但得于一时燕笑咳唾之顷，而先生之胸次笔力皆在焉，今人皆以为胜东坡，但先生当时意尚未能自肯。因又问尧仁曰："使某更读书十年，何如？"尧仁对曰："他人虽更读百世书，尚未必梦见东坡，但以先生来势如此之可畏，度亦不消十年，吞此老有余矣。"

柳的，是其興象高遠之啟發，那在辛詞所得之於蘇者，則正是蘇軾在詞之開拓中，所表現的「無意不可入，無事不可言」的魄力和眼界。不僅只是以上我們所舉出的，蘇詞在開拓中所完成的各種意境與風格，辛詞無不有之，而且辛詞還更曾以其縱橫不世之才，抑塞難平之遭遇，突破了蘇詞的範疇，完成了他自己的更為傑出也更為博大的成就。納蘭成德《淥水亭雜識》即曾云：「詞雖蘇辛並稱，而辛實勝蘇」。周濟《介存齋論詞雜著》亦云：「世以蘇辛並稱，蘇之自在處，辛偶能到，辛之當行處，蘇必不能到」。關於蘇辛同異之詳細差別，我們只好等到論辛詞時再加細述，這裏只好從略了。總之蘇詞之開拓，對於南宋辛棄疾諸人之影響，是極為重大的。《四庫全書提要》即曾謂詞之演進「至柳永而一變，至軾而又一變，遂開南宋辛棄疾等一派」。

[1]即纳兰性德，据徐乾学所作《墓志铭》："容若，姓纳兰氏，初名成德，后避东宫嫌名，改曰性德。"

[2]谈苏辛异同者颇多，在此补充两条。

刘熙载《艺概》卷四："苏辛皆至情至性人，故其词潇洒卓荦。"

陈廷焯《白雨斋词话》卷六："东坡心地光明磊落，忠爱根于性生，故词极超旷，而意极和平；稼轩有吞吐八荒之概，而机会不来。正则可以为郭、李，为岳、韩，变则为桓温之流亚，故词极豪雄，而意极悲郁。苏辛两家，各自不同。"

高远之启发，那么辛词所得之于苏者，则正是苏轼在词之开拓中，所表现的"无意不可入，无事不可言"的魄力和眼界。不仅凡是以上我们所举出的，苏词在开拓中所完成的各种之意境与风格，辛词无不有之，而且辛词还更曾以其纵横不世之才，抑塞难平之遇，突破了苏词的范畴，完成了他自己的更为杰出也更为博大的成就。纳兰成德[1]《绿水亭杂识》（卷四）即曾云："词虽苏辛并称，而辛实胜苏。"周济《介存斋论词杂著》亦云："世以苏辛并称，苏之自在处，辛偶能到；辛之当行处，苏必不能到。"关于苏辛同异之详细差别，我们只好等到论辛词时再加细述，这里只好从略了。[2]总之苏词之开拓，对于南宋辛弃疾诸人之影响，是极为重大的。《四库全书提要》即曾谓词之演进"至柳永而一变，至轼而又一变，遂开南宋辛弃疾等

第 10 頁

遂自然是蘇詞影響後世之有功的一面。至於其有過的一方面，則我以爲乃當歸過於其率意之筆及遊戲之作。關於蘇詞之用筆率易之病，我於在前一首絕句之討論中，已曾舉例說明，且曾引周濟之《介存齋論詞雜著》之言，謂「東坡每事俱不十分用力，古文、書、畫皆爾，詞亦爾」。此言實甚爲有見。至其所以然者，則我以爲一則蓋由於蘇軾之才大，他人所千思百慮而不可得者，蘇軾乃可以談笑得之，故有時乃不免有率意之病；再則亦由於蘇軾之性情超曠，遂亦不甚斤斤於形跡，故有時乃不免有疏略之處。這是造成蘇詞之有時不免率易之筆的兩個主要原因。至於其好爲遊戲之作，則如我在前面所舉例証中，其爲李公擇生子而作的一首《減字木蘭花》之詞，便不僅詞句諧謔而已，詞前小序中亦

20×15＝300　四川大学历史研究所稿纸

一派”。这自然是苏词影响后世之有功的一面。至于其有过的一方面，则我以为主要乃当归过于其率意之笔及游戏之作。关于苏词之用笔率易之病，我们在前一首绝句之讨论中，已曾举例说明，且曾引周济《介存斋论词杂著》之言，谓“东坡每事俱不十分用力，古文、书、画皆尔，词亦尔”。此言实甚为有见。至其所以然者，则我以为一则盖由于苏轼之才大，他人所千思百虑而不可得者，苏轼乃可以谈笑得之，故有时乃不免有率易之病；再则亦由于苏轼之性情超旷，遂尔不甚斤斤于形迹，故有时乃不免有脱略之处。这是造成苏词之有时不免率易之笔的两个主要原因。至于其好为游戏之作，则如本文前面所举例证中，其为“李公择生子”所作的一首《减字木兰花》词，便不仅词句谐谑而已，词前小序中亦曾有“乃为作此戏之，举坐

曾有「乃为作此戏之，举坐皆绝倒」之言，其第一首为「迎紫姑神」而写的《少年游》「玉肌铅粉傲秋霜」词，词前小序亦曾有「乃以此戏之」之言。再如其在泗州雍熙塔下所作的两首《如梦令》小词，词前小序便亦有「戏作《如梦令》两阕」之言。此外如其「赠润守许仲涂」之一首《减字木兰花》词，则词前小序虽无「戏作」字样，然其「以郑容落籍、高莹从良」为句首」之语，乃是说明此词曾以妓女之名字嵌入句首，则其为游戏笔墨，亦复可知。从这些词例，足可说明苏轼之好以游戏笔墨来写作小词。至其所以然者，则我以为主要亦可归纳为二因：一则由于苏轼之性情坦荡乐观，实有风趣，故好为游戏之作；再则也因为词之写作，在当时本来就未尝被视为庄严的作品。这

20×15=300　四川大学历史研究所稿纸

皆绝倒”之言；其另一首为“迎紫姑神”而写的《少年游》（玉肌铅粉傲秋霜）词，词前小序亦曾有“乃以此戏之”之言；再如其在泗州雍熙塔下所作的两首《如梦令》小词，词前小序便亦有“戏作《如梦令》两阕”之言。此外如其“赠润守许仲涂”之一首《减字木兰花》词，则词前小序虽无“戏作”字样，然其“以‘郑容落籍，高莹从良’为句首”之语，乃是说明此词曾以妓女之名字嵌入句首，则其为游戏笔墨，亦复可知。从这些词例，足可说明苏轼之好以游戏笔墨来写作小词。至其所以然者，则我以为主要亦可归纳为二因：一则由于苏轼之性情坦易乐观，富有风趣，故好为游戏之作；再则也因为词之写作，在当时本来就未尝被视为严肃的作品。这可以说是造成苏词中多有游戏之作的两个主要

三.　第 12 页

可以說是造成蘇詞中多有遊戲之作的兩個主要原因。以上我們所談到的率易之筆與遊戲之作兩点，就蘇詞本身言之，本不過為大醇之小疵，未足深病。蓋因屬天資豪縱屬於超放一型之天才，其創作便常不免如長江大河之挾泥沙以俱下。古人有云「江海不擇細流」，故能就其深」。這一類天才之小疵與其大醇的飛揚博大之風就，常常結合而不可分的。而另一種屬於謹嚴清洮之型的才人，每甚有的寫作如字斟句酌而後出者，則雖無泥沙之溷雜，而往往也就難成其為洪濤之洪流矣。所以就蘇軾本人而言，若將其小疵與大醇相較，則他的這些小的疵病，原是可以諒解的。只不過若就其對後世之影響而言，則有一些庸俗淺薄之筆，對蘇詞之佳處所在，往往並不能真正地了解，而只能以淺拙之筆

20×15＝300　四川大学历史研究所稿纸

原因。以上我们所谈到的率易之笔与游戏之作两点，就苏词本身言之，本不过为大醇之小疵，未足深病。盖凡属天资禀赋属于超放一型之天才，其创作便常不免如长江大河之挟泥沙以俱下。古人有云“江海不择细流，故能就其深”。这一类天才之小疵与其大醇的飞扬博大之成就，常是结合而不可分的。而另一种属于粼粼清泚之型的才人，每当有所写作必字斟句酌而后出者，则虽无泥沙之渣滓，而往往也就难成其为泱漭之洪流矣。所以就苏轼本人而言，若将其小疵与大醇相较，则他的这些小的疵病，原是可以谅解的。只不过若就其对后世之影响而言，则有一些庸俗浅薄之辈，对苏词之佳处所在，往往并不能真正欣赏了解，而只能以浅拙之笔写一些粗率之作与游戏之辞，而自以为源

第 17 页

更一些粗率之作与游戏之辞，而自以为源于苏轼，则纷作伪者，亦不能辞其咎矣。

以上我们既对苏词之豪放风格之开拓及其得失加以过一简单的说明，另有一点，我们也要讨论的，则是苏词往往有不尽合律之处的问题。胡仔《苕溪渔隐丛话》（后集卷卅三）引晁无咎评本朝乐章之语，即曾云：「东坡词，人谓多不谐音律」。陆游《渭南文集》亦曾云：「世言东坡不能歌，故所作乐府词多不协律。」而《历代诗馀》则又曾引晁以道之言，曰：「绍圣初，与东坡别于汴上，东坡酒酣，自歌〈古阳关〉曲，则公非不能歌，但豪放，不喜裁剪以就声律耳」。（见《御选历代诗馀》卷一百十五《词话》之宋二）从这些叙述来看，苏轼词之多有不合律之处，盖为人所共见之事实。至其所以多不协律之原因，则有二种不同的说法：一则以为「

20×15=300　四川大学历史研究所稿纸

于苏轼[1]，则始作俑者，苏氏亦不能辞其咎矣。

以上我们既对苏词多样风格之开拓及其得失功过，做了简单的说明；另有一点，我们也要讨论的，则是苏词往往有不尽合律之处的问题。胡仔《苕溪渔隐丛话》（后集卷卅三）引晁无咎评本朝乐章之语，即曾云："东坡词，人谓多不谐音律。"陆游亦曾云："世言东坡不能歌，故所作乐府多不协律。晁以道则谓'绍圣初，与东坡别于汴上，东坡酒酣，自歌《阳关曲》'，则公非不能歌，但豪放，不喜裁剪以就声律耳。"（见《御选历代诗余》卷一百十五《词话》宋二）从这些叙述来看，苏轼词之多有不合律之处，盖原为人所共见之事实。至其所以多不协律之原因，则有二种不同的说法：一则以为"东坡不能歌"，

[1] 近代词人况周颐在《蕙风词话》中对词的因袭继承提出了要求，认为不能停留于表面，应学到实处："东坡、稼轩，其秀在骨，其厚在神。初学看之，但得其粗率而已。其实二公不经意处，是真率，非粗率也。余至今未敢学苏辛也。"

東坡不能歌」，故其詞多不協律」；又則以為蘇軾非不能歌，惟因性情豪放，故「不喜剪裁以就聲律耳」。茲先就蘇軾是否能歌的問題來談，則我們在第一首絕句的討論中，原來曾引過蘇軾致其族兄子明的一封信，其中曾謂「記得應舉時，見兄能謳歌，甚妙。弟雖不會，然常令人唱為何詞」。據此可知蘇軾青年時代並不能歌。至於晁以道所謂蘇軾曾歌《陽關曲》云者，則已為紹聖年間之事，距離其嘉祐年間初赴汴京應舉之時，蓋已有將近四十年之久。我們以前也曾談到蘇軾之嘗試為小詞，是從熙寧年間出為杭州通判以後才開始的。方其致力小詞之寫作時，可能也曾學習吟唱之事。蘇軾在貶謫黃州時，曾寫有《哨遍》一詞，前有小序云：「陶淵明賦歸去來，有其詞而無其聲。余既治東坡，築雪

故其词多不协律；又则以为苏轼非不能歌，唯因性情豪放，故“不喜剪裁以就声律耳”。兹先就苏轼是否能歌的问题来谈，则我们在第一首绝句的讨论中，原来曾引过苏轼致其族兄子明的一封信，其中曾谓“记得应举时，见兄能讴歌，甚妙。弟虽不会，然常令人唱为何词”。据此可知苏轼青年时代本不能歌。至于晁以道所谓苏轼曾歌《阳关曲》云云者，则已为绍圣年间之事，距离其嘉祐年间初赴汴京应举之时，盖已有将近四十年之久。我们以前也曾谈到苏轼之尝试为小词，是从元丰年间出为杭州通判[1]以后才开始的。方其致力小词之写作时，可能也曾学习吟唱之事。苏轼在贬谪黄州时，曾写有《哨遍》一词，前有小序云：“陶渊明赋归去来，有其词而无其声。余既治东坡，筑雪堂于上。人俱笑其陋，独鄱阳董毅夫[2]过而悦之，有卜邻之意。

[1] 苏轼出为杭州通判是在熙宁年间，可见于前文《论苏轼词之一》。

[2] 董毅夫，名钺，饶州德兴（今属江西）人，治平二年（1065）进士。自梓漕得罪归鄱阳，过黄州，与苏轼相唱和。

堂於上。人但笑其陋，独郭陽董毅夫過而悅之，有卜鄰之意。乃取《歸去來》詞，稍加檃括，使就聲律。以遺毅夫，使家僮歌之，時相從於東坡，釋耒而和之，扣牛角而為之節，不亦樂乎」從這段話來看，蘇軾既能檃括《歸去來》詞使就聲律」，又可以「釋耒而和之」，也足可見到蘇軾自從事於小詞之寫作以來，蓋早曾習於聲律吟唱之事，則其詞之偶有出律之處，決非由於不能歌或不知律的緣故，這是我們所可斷言的。再則詞之是否諧律，與作者之是否能歌也並無必然之關係，故此一說法可謂根本不能成立。次再就蘇軾之「不喜剪裁以就聲律」之問題言之，則蘇詞其實大部份都是合乎聲律的，偶有少數不合律之處，不過以其才思縱橫，如東坡所云「橫放傑出，自是曲中縛不住者」故不屑於斤斤計較而已。關於其不合律的現象，則我們可以舉兩則例證來說明兩種不同的情況。其一是

第15頁

乃取《归去来词》，稍加隐栝，使就声律。以遗毅夫，使家僮歌之，时相从于东坡，释耒而和之，扣牛角而为之节，不亦乐乎？”从这段话来看，苏轼既能隐栝《归去来词》“使就声律”，又可以“释耒而和之”，已足可见到苏轼自从事于小词之写作以来，盖早当习为声律吟唱之事，则其词之偶有失律之处，决非由于不能歌或不知律，这是我们所可断言的。再则词之是否协律，与作者之是否能歌，也并无必然之关系，故此一说法可谓根本不能成立。次再就苏轼之“不喜剪裁以就声律”之问题言之，则苏词其实大部分都是合乎声律的，偶有少数不合律之处，不过以其天才恣纵，如晁无咎所云“横放杰出，自是曲中缚不住者”，故不屑于斤斤计较而已。关于其不合律的现象，则我们可以举两则例证来说明两种不同的情况。其一是“次韵章质

「次韻章質夫楊花詞」的《水龍吟》，其最後的十三個字的長句之句豆讀如何點讀的問題。其二則是「赤壁懷古」的《念奴嬌》之詞，下半闋據說以後之「小喬初嫁了、雄姿英發」二句，則每句字數之多少與音調之平仄，都與正格之格律不合的問題。先談《水龍吟》之詞，此詞結尾處的「細看來不是楊花點點是離人淚」十三字長句，按一般格律，應當將之標點為「細看來不是、楊花點點、是離人淚」。也就是每句字數為五、四、四的停頓，而且最後一個四字句應該是一、三的讀法。但一般選注蘇詞者，都大多將此一句標點為「細看來不是楊花，點點是離人淚」。也就是七、六的停頓，而七字句是三、四的讀法，六字句是三、三的讀法。像這種情形，表面看來，雖似與一般格律不合，但這其實只是後人對蘇詞之標點不同，並不能

夫杨花词”的《水龙吟》[1]，其最后的十三个字的长句之句读该如何点读的问题；其二则是“赤壁怀古”的《念奴娇》词，下半阕换头以后之“小乔初嫁了，雄姿英发”二句，每句字数之多少与音调之平仄，都与正格之格律不合的问题。先谈《水龙吟》词，此词结尾处的“细看来不是杨花点点是离人泪”十三字长句，按一般格律，原当将之标点为“细看来不是、杨花点点、是离人泪”。也就是每句字数为五、四、四的停顿，而且最后一个四字句应该是一、三的读法。但一般选注苏词者，却大多将此一句标点为“细看来不是杨花，点点是离人泪”，也就是七、六的停顿，而七字句是三、四的读法，六字句是三、三的读法。像这种情形，表面看来，虽似与一般格律不合，但这其实只是后人对苏词之标点不同，并不能说是苏词不合格律。盖此

[1] 章质夫，名楶，建州浦城（今属福建）人，治平二年（1065）进士，累拜同知枢密院事。其《水龙吟》，为吟柳花绝唱，最为东坡所称赏，因作《水龙吟》和之。王国维《人间词话》评：“东坡《水龙吟》咏杨花，和韵而似原唱；章质夫词，原唱而似和韵。才之不可强也如是！”

水龙吟·杨花（章楶）

燕忙莺懒芳残，正堤上柳花飘坠。轻飞乱舞，点画青林，全无才思。闲趁游丝，静临深院，日长门闭。傍珠帘散漫，垂垂欲下，依前被、风扶起。

兰帐玉人睡觉，怪春衣雪沾琼缀，绣床渐满，香球无数，才圆却碎。时见蜂儿，仰粘轻粉，鱼吞池水。望章台路杳，金鞍游荡，有盈盈泪。

下转第149页。

謂是其詞不合格律。蓋此一十三字長句之平仄，依格律其平仄音調應是「｜——｜｜＋—＋｜｜——｜」（「—」代表平聲、「｜」代表仄聲、「＋」代表平仄通用）。蘇軾此結尾十三字長句之平仄，與格律完全相合，決無不諧平仄之處。至於標點之不同，則因古人讀詞之讀法，原有依聲律為準之讀法，與依文法為準之讀法二種。一般說來，講解時多依文法為準，而吟誦時則應依聲律為準。一般蘇詞選注本將此句讀為「細看來不是楊花，點點是離人淚」是依文法的斷句。但依聲律，則仍可將此句讀為「細看來不是，楊花點點，是離人淚」。在「是」字下的停頓只是「豆」，不是句。而「點點」二字，則既是對「楊花」之描述，也是對「淚」之描述。明白了這種情形，就可知此句本該依聲律標讀，「點點」二字，亦可標於「楊花」之下。如此不僅不會有文法不通之感，且由於音節之頓挫，乃更可見

一十三字长句之平仄，依格律其平仄音调应是“｜——｜｜+—+｜｜——｜”（“—”代表平声，“|”代表仄声，“+”代表平仄通用）。苏轼此结尾十三字长句之平仄，与格律完全相合，决无不协平仄之处。至于标点之不同，则因古人诗词之读法，原有依声律为准之读法，与依文法为准之读法二种。一般说来，讲解时可依文法为准，而吟诵时则应依声律为准。一般苏词选注本将此句断为“细看来不是杨花，点点是离人泪”是依文法的断句。但依声律，则仍可将此句读为“细看来不是、杨花点点、是离人泪”。在“是”字下的停顿只是“读”，不是句。而“点点”二字，则既是对“杨花”之描述，也是对“泪”之描述。明白了这种情形，就可知此句本该依声律标读，“点点”二字，亦可标于“杨花”之下。如此不仅不会有文法不通之感，且由于音节之顿挫，乃更可见其情意的曲折深婉之致。若此者

上接第147页。

水龙吟·次韵章质夫杨花词

似花还似非花，也无人惜从教坠。抛家傍路，思量却是，无情有思。萦损柔肠，困酣娇眼，欲开还闭。梦随风万里，寻郎去处，又还被莺呼起。

不恨此花飞尽，恨西园，落红难缀。晓来雨过，遗踪何在？一池萍碎。春色三分，二分尘土，一分流水。细看来不是杨花，点点是离人泪。

其情意的曲折深婉之致。若此者豈必盡非蘇詞之不合律，而只是標讀者的錯誤。在蘇詞中有些別的長句，也有類似情形。讀者可自己舉例得之。因篇幅所限，就不再更為詳舉了。至於另一則例証《念奴嬌》（大江東去）的一首「赤壁懷古」詞，其下半闋換頭以下之「小喬初嫁了，雄姿英發」二句。據萬樹《詞律》於此調之用仄韻者，僅收辛棄疾之「野棠花落」一首，及蘇軾此詞為別格。且加有按語曰：「念奴嬌」用仄韻者，惟此二格止矣。蓋因句如「小喬已至四英發已九字，用上五下四，遂分二格」。蓋在辛氏之《念奴嬌》（野棠花落）一詞中，此換頭以下之兩句，乃是「行人曾見，簾底纖纖月」。其斷句為上四下五，為一般習用之常格也。但蘇詞與辛詞格式相異者，原來還不僅只

当然并非苏词之不合律，而只是后人标读的不同。另外，在苏词中还有些别的长句，也有类似情形。读者可自己寻绎得之，因篇幅有限，就不再更为辞费了。至于另一则例证《念奴娇》（大江东去）的一首“赤壁怀古”词，其下半阕换头以下之“小乔初嫁了，雄姿英发”二句，据万树《词律》[1]，于此调之用仄韵者，仅收辛弃疾之“野棠花落”[2]一首为正格，及苏轼此词为别格。且加有按语曰：“《念奴娇》用仄韵者，惟此二格止矣。盖因‘小乔’至‘英发’九字，用上五下四，遂分二格。”盖在辛氏之《念奴娇》（野棠花落）一词中，此换头以下之两句，乃是“行人曾见，帘底纤纤月”。其断句为上四下五，为一般习用之常格也。但苏词与辛词格式相异者，原来还不仅只是两句之

[1] 万树，字红友，常州宜兴（今属江苏）人，清初诗人、词学家、戏曲家。于词之格律颇有研究，作《词律》二十卷，后人称是书“作于宫谱失传之后，振兴词学，独辟康庄，嘉惠后者甚厚”。

[2] 念奴娇·书东流村壁

野棠花落，又匆匆过了，清明时节。刬地东风欺客梦，一枕云屏寒怯。曲岸持觞，垂杨系马，此地曾经别。楼空人去，旧游飞燕能说。

闻道绮陌东头，行人曾见，帘底纤纤月。旧恨春江流不尽，新恨云山千叠。料得明朝，尊前重见，镜里花难折。也应惊问：近来多少华发？

是兩句之斷句字數不同而已，其平仄之聲調也並不相同，辛詞這九個字的聲調是「——十丨—丨——丨」。而蘇詞這九個字的聲調則是「十—十丨丨———丨」。二者相比較，除首字之平仄往往可以通用之外，其主要之差別蓋在後五字之聲調，辛詞是「—丨——丨」，而蘇詞則是「丨———丨」，且將第一字之「丨」聲（即「了」字）斷入上句。如此，則表面看來，蘇詞便與辛詞所代表之《念奴嬌》之常格，就同時既有了斷句之不同又有了平仄之不同的雙重差異。這是蘇詞之所以留給讀者一個「不諧音律」之印象的主要緣故。不過，這種判斷並不完全正確，首先我們該注意的是蘇之時代在前，而辛之時代在後，雖然辛詞《念奴嬌》之格式在後世較為通行，因此被萬樹《詞律》認為正

断句字数不同而已，其平仄之声调也并不相同，辛词这九个字的声调是“———｜—｜——｜”，而苏词这九个字的声调则是“｜——｜｜———｜”。二者相比较，除开端首字之平仄往往可以通用之外，其主要之差别盖在后五字之声调，辛词是“—｜——｜”，而苏词则是“｜———｜”，且将第一字之“|”声（即“了”字）断入上句。如此，则表面看来，苏词便与辛词所代表之《念奴娇》常格，就同时既有了断句之不同又有了平仄之不同的双重差异。这正是苏词之所以留给读者一个“不谐音律”之印象的主要缘故。不过，这种判断并不完全正确。首先我们该注意的是，苏之时代在前，而辛之时代在后，虽然辛词《念奴娇》之格式在后世较为通行，因此被万树《词律》

格，但我們卻不該依據此格便認定蘇詞為不諧律，而當看一看與蘇氏同時或較早之作者，他們所寫的《念奴嬌》的格式是怎樣的。如此我們就會發現，原來蘇詞的平仄才是當時通行的格式。舉例來看，即如北宋前期的名臣韓琦有一位客，名叫沈唐，曾寫有一首《念奴嬌》（杏花過雨），其換頭以下的兩句是「多情因甚，有輕離輕拆」（見《全宋詞》），後五字之平仄便是「|———|」。又如與蘇軾同時之黃庭堅，也曾寫有一首《念奴嬌》（斷虹霽雨），其換頭以下此兩句是「晚涼幽徑，繞張園森木」。後五句之平仄亦同。如此便可見當時之《念奴嬌》詞，本有此一格式，是則蘇詞之平仄，原無所謂「不諧律」之處也。至於其斷句之問題，則此雖九字一氣貫下，原來也是一個長句

认为正格，但我们却不该仅据此格便认定苏词为不协律，而当看一看与苏氏同时或较早之作者，他们所写的《念奴娇》的格式是怎样的。如此我们就会发现，原来苏词的平仄才是当时通行的格式。举例来看，即如北宋初年的名臣韩琦有一位门客，名叫沈唐，曾写有一首《念奴娇》（杏花过雨）[1]，其换头以下的两句是“多情因甚，有轻离轻拆”（见《全宋词》），后五字之平仄便是“｜———｜”。又如与苏轼同时之黄庭坚，也曾写有一首《念奴娇》（断虹霁雨）[2]，其换头以下此二句是“晚凉幽径，绕张园森木”，后五字之平仄亦同。如此便可见当时之《念奴娇》词，本有此一格式，是则苏词之平仄，原无所谓“不协律”之处也。至于其断句之问题，则此处九字一气贯下，原来也

1 念奴娇（沈唐）

杏花过雨，渐残红零落，胭脂颜色。流水飘香人渐远，难托春心脉脉。恨别王孙，墙阴目断，手把青梅摘。金鞍何处，绿杨依旧南陌。

消散云雨须臾，多情因甚，有轻离轻拆。燕语千般，争解说些子伊家消息。厚约深盟，除非重见，见了方端的。而今无奈，寸肠千恨堆积。

2 念奴娇（黄庭坚）

断虹霁雨，净秋空，山染修眉新绿。桂影扶疏，谁便道，今夕清辉不足？万里青天，姮娥何处，驾此一轮玉。寒光零乱，为谁偏照醽醁。

年少从我追游，晚凉幽径，绕张园森木。共倒金荷家万里，难得尊前相属。老子平生，江南江北，最爱临风曲。孙郎微笑，坐来声喷霜竹。

于中间句豆亦未始不可微有变化。即如沈唐之「多情因甚有轻离轻拆」，及黄庭坚之「晚凉幽径绕张园森木」，如果我们读时在沈词之「有」字下略顿，或在黄词之「绕」字下略顿，都来管不了。只不过苏词所用之「了」字，是个语尾助辞，遂使此一九字长句於此处截然断开，反而失去了原来之欲还连的曲折婉转之致。如此而已。实在也不能说是什么严重的「不谐律」。再有一点值得注意的是，就在苏轼写了前一首「赤壁怀古」的《念奴娇》以後不久，他还曾写了另一首题为「中秋」的《念奴娇》（凭高眺远）。其结以下的两句是「举杯邀月，对影成三客」，则其断句及平仄又完全与「赤壁怀古」一首不同，而反与辛词之「野棠花落」一首全同。而这一体式，则在苏轼以前及而未曾见有别家

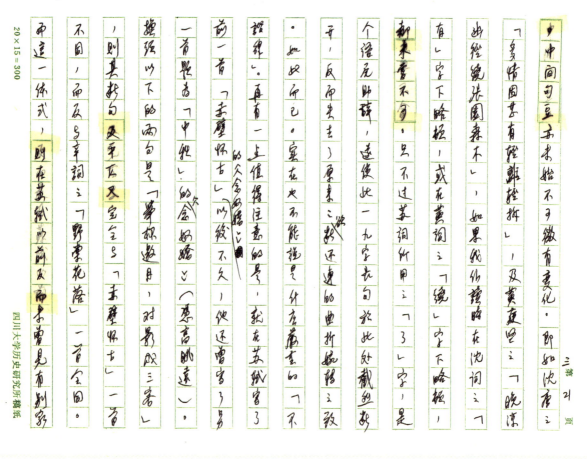

1 念奴娇·中秋

凭高眺远，见长空万里，云无留迹。桂魄飞来光射处，冷浸一天秋碧。玉宇琼楼，乘鸾来去，人在清凉国。江山如画，望中烟树历历。

我醉拍手狂歌，举杯邀月，对影成三客。起舞徘徊风露下，今夕不知何夕。便欲乘风，翻然归去，何用骑鹏翼。水晶宫里，一声吹断横笛。

是一个长句，中间句读亦未始不可微有变化。即如沈唐之“多情因甚有轻离轻拆”，及黄庭坚之“晚凉幽径绕张园森木”，如果我们读时在沈词之“有”字下略顿，或在黄词之“绕”字下略顿，都未尝不可。只不过苏词所用之“了”字，是个语尾助辞，遂使此一九字长句于此处截然断开，反而失去了原来之欲断还连的曲折婉转之致，如此而已，实在也不能说是什么严重的“不协律”。再有一点值得注意的是，就在苏轼写了前一首“赤壁怀古”的《念奴娇》以后不久，他还曾写了另一首题为“中秋”的《念奴娇》(凭高眺远)[1]。换头以下的两句是“举杯邀月，对影成三客”，则其断句与平仄又完全与“赤壁怀古”一首不同，而反与辛词之“野棠花落”一首全同。而这一体式，则在苏轼以

如此写过。是则此二体式以何者为正格，或当时传唱之《念奴娇》本有此二体式，或者反而是後世流传的「正格」者，才是由苏轼所变化创製而出，亦未可知。盖此二首《念奴娇》词皆为苏轼在黄州所作，当时他既然已经能够把陶渊明的《归去来辞》檃括以就声律，则在词调中小作变化，原来也是可能的。除以上所讨论的被一般人认为不合律的两则明显的例证以外，其他本来还有一些每句字数多少等问题、即如苏轼曾写过几首《满江红》词，其下半阕第七句，即有时作七个字，有时作八个字。如其题为「怀子由作」的一首《满江红》词（清颍东流），此句为「衣上旧痕余苦泪」是七个字一句，而其题为「正月十三送文安国还朝」的另一首《满江红》（天岂无情），则此句为「不

前反而未曾见有别家如此写过。是则此二体式究以何者为正格，或当时传唱之《念奴娇》本有此二体式，或者反而是后世流传所谓“正格”者，才是由苏轼所变化创制而出，亦未可知。盖此二首《念奴娇》词皆为苏轼在黄州所作，当时他既然已经能够把陶渊明的《归去来辞》[1]檃栝以就声律，则在词调中小作变化，原来也是可能的。除以上所讨论的，被一般人认为不合律的两则明显的例证以外，其他本来还有一些每句字数多少等问题，即如苏轼曾写过几首《满江红》词，其下半阕之第七句，即有时作七个字，有时作八个字。如其题为“怀子由作”的一首《满江红》（清颍东流），此句为“衣上旧痕余苦泪”，是七个字一句，而其题为“正月十三雪中送文安国[2]还朝”的另一首《满

[1] 即前文之“《归去来词》”。

[2] 文安国，名勋，庐江（今属安徽）人。官太府寺丞。善论难、剧谈，其篆书尤有名，苏轼曾为他作《文勋篆赞》。时以事来密州，苏轼设宴相送而有此作。

用向佳人訴離恨」是八个字一句。蓋詞既重為合樂之歌辭，故於拍板緩急之间，和音律者往往可於其中加入襯字（詞中加襯字者，自敦煌曲即已有之，惟不若後世元曲用襯字之習見而已）。蘇詞「不用向」一句，其「用」字即可視為襯字。此自為詞中可以有的變化，而不得謂為「不諧律」也。除去此種情形外，还有詞句中用對用散之問題。即如蘇軾在其所作寄孫巨源的一首《永遇樂》（長憶別時），开端之「長憶別時，景疏樓上，明月如水。美酒清歌、流連不住，月隨人千里。別來三度，孤光又滿，冷落共誰同醉」。九句一氣貫下，全為散行。而其另一首為燕子樓所作的《永遇樂》（明月如霜），則开端之「明月如霜，好風如水，清景無限。曲港跳魚，圓荷瀉露，寂寞無人見

江红》（天岂无情），则此句为“不用向佳人诉离恨”，是八个字一句。盖词既原为合乐之歌辞，故于拍板缓急之间，知音律者往往可于其中加入衬字（词中加衬字者，自敦煌曲即已有之，唯不若后世元曲用衬字之习见而已）。苏词“不用向”一句，其“用”字即可视为衬字。此自为词中可以有的变化，而不得谓为“不协律”也。除去此种情形外，还有词句中用骈用散之问题。即如苏轼在其所作寄孙巨源[1]的一首《永遇乐》（长忆别时），开端之“长忆别时，景疏楼上，明月如水。美酒清歌，流连不住，月随人千里。别来三度，孤光又满，冷落共谁同醉”，九句一气贯下，全为散行。而其另一首为燕子楼作的《永遇乐》（明月如霜），则开端之“明月如霜，好风如水，清景无

[1]孙巨源，名洙，广陵（今江苏扬州）人，皇祐元年（1049）进士。累官至翰林学士。元丰二年（1079）卒，年四十九。熙宁七年（1074年）八月孙巨源离海州，与苏轼别于景疏楼上，既而又与苏轼会于润州，至楚州乃别。苏轼十一月再至海州景疏楼，因作此词以寄之。

。既如三鼓、鏗然一葉、黯黯夢雲驚斷」。同樣的九句，卻變爲兩句駢一句散的三度重複，而因此造成此同調二詞在風格及吟誦口吻有了很大的差別。若此等者，蓋所謂才人技倆，變化無方，固全非不諧律也。只是在此九句中有一五字句、第五句及拗折有不同。前一首之「月隨人千里」是「丨一一丨」，後一首之「寂寞無人見」是「丨丨一一丨」。前一首爲拗折，下一首爲二、三之拗折。在大同中有小異，若此者則只有才之人不斤斤於小節之表現。總之、蘇軾詞就事實格律來看，是頗有些「不諧律」之處的。不過，經過了我們的分析，便可以了解，蘇詞雖有「不諧律」處，但卻都掌握了基本的重點。若此者，我以爲蓋非由於蘇軾之不懂音律，反而正是已超越於律然後解脫

20×15＝300

四川大學歷史研究所稿紙

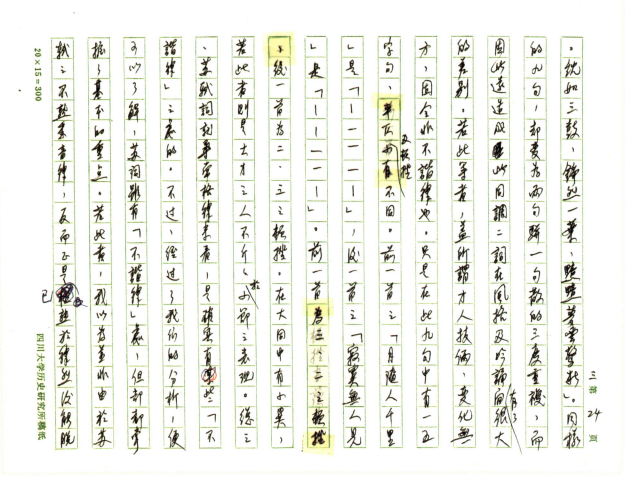

限。曲港跳鱼，圆荷泻露，寂寞无人见。紞如三鼓，铿然一叶，黯黯梦云惊断”，同样的九句，却变为两句骈一句散的三度重复，而因此遂造成此同调二词在风格及吟诵间有了很大的差别。若此等者，盖所谓才人伎俩，变化无方，固全非不协律也。只是在此九句中有一五字句，平仄及顿挫小有不同。前一首之“月随人千里”是“｜——｜”，后一首之“寂寞无人见”是“｜｜——｜”。前一首为三、二之顿挫，后一首为二、三之顿挫。在大同中有小异，若此者则是大才之人不斤斤于小节之表现。总之，苏轼词就寻常格律来看，是确实有某些“不协律”之处的。不过，经过我们的分析，便可以了解，苏词虽有“不协律”处，却都掌握了基本的重点。[1]若此者，我以为并非由于苏轼

[1] 陈廷焯《白雨斋词话》曰：“昔人谓东坡词非正声，此特拘于音调言之，而不究本原之所在，眼光如豆，不足与之辩也。”

去其束縛之表現。所謂「曲子中縛不住者」是也。此亦正如李白之於律詩，往往突破外表律及對偶之限制，而却掌握了保持聲律之優美平衡的某種本質上的重點。此亦正如騎車技術之高妙者，方能在車上做出不守常規之種種表演，而却掌握了平衡的重點，所以才不致跌落地上。至于一般無此高妙之技術者，則最好依守常規，不可胆大妄為，以免跌至血流骨折之下場。近人為詞者，也有些不遵格律，平仄句法任意妄為之人，則其詞作品像人讀之根本無法上口。蓋詩詞原為美文，音律之美為其最重要之一種質素，東坡雖有不合一般外表格律之處，然而却自有其自己所掌握的韻律之美的的基本質素。近人則破壞舊有格律之後，並不知且不能掌握自己的韻律之美，遂成為拗[illegible]模糊不可卒讀矣。若此之不熟悉音律，反而正是已熟于律然后能脱去其束缚之表现，所谓“曲中缚不住者”是也。此亦正如李白之于律诗，往往突破外表声律及对偶之限制，而却掌握了保持声律之优美平衡的某种本质上的重点。此亦正如骑车技术之高妙者，方能在车上做出不守常规之种种表演，而却掌握了平衡的重点，所以才不致跌落地上。至于一般无此高妙之技术者，则最好依守常规，不可胆大妄为，以免跌至血流骨折之下场。近人为词者，也有些不遵格律，平仄句法任意妄写之人，则其作品使人读之根本无法上口。盖诗词原为美文，音律之美为其最重要之一种质素，苏轼纵有不合一般外表格律之处，然而却自有其自己所掌握的韵律之美的基本质素。近人则破坏旧有格律之后，并不知且不能掌握

者、固不得引坡公为例而自我解嘲也。[illegible]

[illegible]

[illegible]耳。

一九八四年六月廿一日写毕此節

於四川成都

自己的韵律之美，遂成为拗涩槎枒不可卒读矣。若此者，固不得引坡公为例而自我解嘲也。

一九八四年六月廿一日写毕此节于四川成都

图书在版编目（CIP）数据

叶嘉莹论苏轼词 /（加）叶嘉莹著. —成都：四川人民出版社，2023.6

ISBN 978－7－220－13255－1

Ⅰ.①叶…　Ⅱ.①叶…　Ⅲ.①苏轼（1036－1101）－宋词－诗词研究　Ⅳ.①I207.23

中国国家版本馆 CIP 数据核字（2023）第 082146 号

YE JIAYING LUN SU SHI CI

叶嘉莹论苏轼词

叶嘉莹　著

出版人	黄立新
选题策划	段瑞清
出版统筹	李淑云
责任编辑	李京京
装帧设计	李其飞
责任校对	林　泉
责任印制	周　奇
出版发行	四川人民出版社（成都三色路 238 号）
网　址	http://www.scpph.com
E-mail	scrmcbs@sina.com
新浪微博	@四川人民出版社
微信公众号	四川人民出版社
发行部业务电话	（028）86361653　86361656
防盗版举报电话	（028）86361653
照　排	四川胜翔数码印务设计有限公司
印　刷	四川新财印务有限公司
成品尺寸	195mm×165mm
印　张	10.75
字　数	80 千
版　次	2023 年 6 月第 1 版
印　次	2023 年 6 月第 1 次印刷
书　号	ISBN 978－7－220－13255－1
定　价	68.00 元